Federica de Cesco
Der Türkisvogel

Federica de Cesco

Der Türkisvogel

Benziger

Berechtigte Übersetzung aus dem Französischen
von Marlis Pörtner
Umschlag von Enrique Puelma

2. Auflage 1982 · 14. Tausend
ISBN 3 545 32193 2

1. KAPITEL

Im Internatsgarten stand ein Baum, den Ann sehr liebte: eine Eiche mit rissiger Rinde. Man konnte leicht hinaufklettern und von den oberen Ästen über die Mauer auf die Straße sehen. Leider gab es dort meistens nichts zu sehen. Die Sonne brannte auf die menschenleere Straße, manchmal schlich ein Hund der Mauer entlang, auf der Suche nach ein wenig Schatten.

Es war selbstverständlich verboten, auf Bäume zu klettern. Wenn Miss Alcott, die Aufseherin, zwischen den Zweigen einen Rockzipfel erspähte, rief sie mit schriller Stimme:

«Annette-Beatrix! Sofort herunter!»

Dann folgte ein Nachmittag Hausarrest. Ann mußte einen endlos langen Saum nähen oder – was noch schlimmer war – sämtliche Schuhe ihrer Mitschülerinnen putzen! Trotzdem konnte Ann es nicht lassen, auf die Eiche zu klettern. Sie brauchte dieses winzige Zipfelchen Freiheit.

Damals begann sich die Ortschaft Tucson im Staat Arizona zu einer recht bedeutenden Stadt zu entwickeln. Neue Häuser wurden gebaut. Es gab Banken, Hotels und zahlreiche Geschäfte. Die Armee unterhielt hier eine ständige Garnison. Tucson lag genau auf der Grenze zum Apachengebiet. Aufrührerische Stämme, unter Führung des berühmten Häuptlings Cochise, machten den Reisenden das Leben schwer. Keine Postkutsche wagte sich ohne militärischen Schutz in die Wüste.

Das Internat, in dem Ann sich seit zwei Jahren langweilte, wurde von Señora Eusebia Incarnacion Ramirez geleitet, einer spanischen Witwe. Sie hatte das Internat gegründet, um jungen Mädchen Anstand und gute Manieren beizubringen. Angeblich verließ man es als vollkommene Hausfrau.

«Wenn man hier rauskommt, taugt man zu nichts anderem, als sich einen Mann zu angeln», dachte Ann bitter. «Man wird von seiner Familie von einem Wohltätigkeitsball zum anderen geschleppt, von jungen Männern mit tadellos gebundener Krawatte zum Tanz aufgefordert und mit langweiligen Komplimenten überhäuft. Man muß sittsam die Augen niederschlagen und hinter seinem Fächer erröten. So ein Affentheater! Wenn meine Tante wüßte...»

«Annette-Beatrix, du kaust schon wieder an den Fingernägeln!»

Ann fuhr auf und stammelte eine Entschuldigung. Den Augen der Vorsteherin entging aber auch gar nichts. Eusebia Incarnacion Ramirez war eine füllige Dame mit Doppelkinn und herzförmigem Mund. Ihr bleiches Gesicht war glatt und ausdruckslos. Sie trug Schals mit langen Fransen und roch nach Mottenpulver.

Es war Handarbeitsstunde. Zwölf junge Mädchen saßen im schattigen Innenhof und beugten sich über ihre Handarbeit. Mehr oder weniger aufmerksam hörten sie zu, was ihnen die Direktorin aus dem Damenjournal vorlas: Ein Rezept für Aprikosenkonfitüre. Zum Sterben langweilig! Ann senkte die Augen und machte sich schnell wieder an die Arbeit.

Sie war groß und schlank. Ihr blondes Haar war straff nach hinten gekämmt und zu einem Knoten aufgesteckt.

Das betonte ihre eckigen Backenknochen noch mehr. Im Gegensatz zu ihrem hellen Haar waren die Brauen und Wimpern dunkel, fast schwarz. Sie hielt sich schlecht, auch jetzt saß sie wieder mit krummem Rücken über ihrer Arbeit. Die Ärmel ihrer Internatsuniform waren viel zu weit für ihre mageren Arme.

Zwischen den Säulen des Innenhofes tauchte Miß Alcott auf. Sie ging mit steifen, kleinen Schritten zur Vorsteherin und flüsterte ihr etwas ins Ohr.

Señora Ramirez blickte auf.

«Annette-Beatrix Morrisson, du wirst im Besuchszimmer verlangt.»

«Ann sprang auf und warf ihre Handarbeit auf eine Bank.

«Annette-Beatrix! Wie oft muß ich dir noch sagen, daß eine junge Dame langsam und anmutig aufsteht?»

«Ich bitte um Entschuldigung», flüsterte Ann.

«Geh!» sagte die Vorsteherin ungeduldig. «Laß deine Tante nicht warten!»

Ann ging durch den langen, weißgekalkten Flur, der zum Speisesaal und zum Besuchszimmer führte. Miß Alcott ging vor ihr her, der Schlüsselbund rasselte an ihrem Gürtel.

Das Besuchszimmer war groß und kahl, mit schweren, geschnitzten spanischen Möbeln ausgestattet. Tante Adele saß kerzengerade auf der Stuhlkante. Sie trug ein schwarzes Kleid, dessen gestärkter Kragen bis unter das Kinn reichte. Das Schleierhütchen schien mit einer riesigen Achatnadel direkt auf ihrem Kopf festgesteckt.

Als ihre Nichte eintrat, nahm sie das Lorgnon ab.

«Wie geht es dir, Kind? Kaust du immer noch an den Fingernägeln?»

Ann beugte sich zu ihrer Tante hinunter und ließ sich von ihr auf die Stirn küssen. Dann wartete sie, bis die alte Dame sie aufforderte, sich zu setzen.

«Da hast du ein paar Süßigkeiten. Eulalia hat sie für dich gebacken», sagte Tante Adele und gab ihr ein in buntes Papier gewickeltes Paket. «Du solltest mehr essen. Du siehst schlecht aus.»

«Wir kommen nie an die Sonne», murrte Ann.

«Wie oft muß ich dir noch sagen, daß Sonne schädlich ist für die Haut. Hast du das Stärkungsmittel genommen, das der Arzt dir verschrieben hat?»

Ann gab keine Antwort. Sie hatte die Medizin in die Toilette geschüttet, aber das konnte sie Tante Adele nicht gut erzählen.

«Du bist mager und blaß. Zeig deine Hand her! Sie ist kühl, Fieber hast du also nicht. Was fehlt dir denn?»

Ann schwieg und zog die Hand zurück. Tante Adele stand mit einem Ruck auf und stützte sich auf den Stock, den sie immer mitschleppte, obwohl sie ihn eigentlich gar nicht brauchte.

Ärgerlich sagte sie: «Du denkst also noch immer daran.»

Ann hob den Kopf und sah ihrer Tante zum erstenmal offen ins Gesicht.

«Das habe ich nicht gesagt.»

«Aber ich!» sagte Tante Adele, und ihre Stimme klang auf einmal hart. «Zwei Jahre sind seit deiner bedauerlichen Eskapade vergangen. Ich habe dich erfahrenen, tüchtigen Erzieherinnen anvertraut, die sich alle Mühe geben, eine Dame aus dir zu machen. Und das ist nun der Dank. Du trauerst noch immer diesem Wilden nach.»

«Das ist nicht wahr», sagte Ann heftig.

«Du lügst! In Wirklichkeit denkst du noch immer an diesen Burschen. Hör endlich auf zu träumen! Es ist aus und vorbei, du wirst ihn nie wiedersehen. Ein ungebildeter Indianermischling paßt nicht zu dir.»

Ann stand auf, sie war blaß geworden.

«Sprich nicht von Chee!»

Beide schwiegen. Tante Adele fingerte an ihrem Schleier herum.

«Gut!» sagte sie endlich. «Wenn das so ist, werde ich meine Maßnahmen treffen. Dieses Internat ist entschieden nicht mehr der richtige Ort für dich. Du hast zu wenig zu tun und viel zu viel Zeit zum Träumen. Du brauchst einen Mann und Kinder.»

«Ich werde nie heiraten», sagte Ann trotzig.

«Das werden wir schon sehen.»

Tante Adele beugte sich steif zu ihrer Nichte hinunter und küßte sie auf die Stirn. Dann rauschte sie hinaus. Auf der Schwelle drehte sie sich noch einmal um und sagte etwas freundlicher:

«Du darfst dich nicht so aufregen, Kind. Bei dieser Hitze ist das schädlich.»

Ann blieb verwirrt zurück. Zum erstenmal hatte ihre Tante von den Dingen gesprochen, die sich vor zwei Jahren ereignet hatten. Ann hätte sich lieber die Zunge abgebissen, als daß sie zuerst davon angefangen hätte.

Sie strich sich über die Stirn. Vielleicht war alles nur

ein Traum gewesen! Und doch war jede Einzelheit in ihr Gedächtnis eingegraben, als sei es erst gestern geschehen. Und außerdem hatte sie den roten Seidenschal: eine greifbare Erinnerung an ihr Abenteuer, den sie wie einen Schatz hütete.

Es hatte ganz harmlos angefangen, in der Eisenbahn, die durch die Wüste ratterte. Zwölf Stunden in einem stickig-heißen Abteil. Aus Langeweile hatte Ann ein Gespräch mit einer fremden Dame angeknüpft. Die Dame war in Mesilla, einer kleinen Station an der mexikanischen Grenze, ausgestiegen und hatte ihren roten Seidenschal auf der Bank liegengelassen. Ann wollte ihr den Schal bringen. Als sie die Dame im Bahnhof nicht mehr fand, war sie ihr auf die Straße nachgelaufen, und als sie zurückkam, war der Zug ohne sie abgefahren. Sie war ganz allein, ohne Geld in diesem verlassenen Nest. Der nächste Zug fuhr erst wieder in drei Wochen. Ann erinnerte sich noch ganz genau, wie entsetzt sie damals gewesen war. Sie war ziellos herumgeirrt und hatte schließlich in einer verlassenen Hütte übernachtet.

Am nächsten Morgen lernte sie Chee kennen. Er half ihr, als sie von einem Betrunkenen belästigt wurde. Er hob sie auf sein Pferd...

«Annette-Beatrix, was machst du denn ganz alleine hier?»

Ann fuhr erschrocken auf und errötete. Verwundert stand Miß Alcott vor ihr.

«Deine Tante ist fort. Weshalb bleibst du im Besuchszimmer sitzen, anstatt zu deinen Kameradinnen zurückzukehren?»

«Ich gehe schon», murmelte Ann.

Sie stand auf und ging durch die langen düsteren Gänge in den Innenhof zurück. Die Vorsteherin las immer noch vor. Jetzt handelte es sich um Bohnerwachs und Waschmittel. Ann setzte sich und nahm ihre Handarbeit auf. Das Paket, das Tante Adele ihr mitgebracht hatte, stellte sie auf den Boden.

Ihre Nachbarin, Mary Clayton, flüsterte neugierig:

«Was hat dir deine Tante denn mitgebracht?»

«Kuchen», sagte Ann lächelnd.

Sie machte das Paket auf und bot, wie es sich gehörte, zuerst der Senora und dann den anderen Mädchen von dem Gebäck an. Bei ihren Kameradinnen war Ann sehr beliebt, weil sie immer großzügig und freundlich war. Deshalb verzieh man ihr auch, wenn sie zuweilen tagelang schweigsam und mit verschlossenem Gesicht umherlief. Sicher, es gab in ihrem Leben irgendeine undurchsichtige Geschichte: sie war von Apachen entführt oder gefangengenommen und gezwungen worden, das Leben der Indianer zu teilen. Eine grauenhafte Geschichte, von der nur im Flüsterton gemunkelt wurde. Ann selbst sprach nie davon.

Die Mädchen knabberten an ihrem Kuchen. Eusebia Incarnacion Ramirez wischte sich die dicken Finger an einem Spitzentuch ab und begann wieder zu lesen:

«Vor dem Einweichen der Wochenwäsche wird das Wasser mit Soda...»

Ann hörte nicht zu. Sie dachte an Chee.

Damals hatte er sie auf sein Pferd gehoben. Sie erzählte ihm, was geschehen war, und er versprach, ihr zu helfen.

Chee hatte einen amerikanischen Vater und eine indianische Mutter. Er war ein ruhiger, besonnener Junge, aber er konnte über Dinge lachen, die andere überhaupt nicht komisch fanden. Als Ann ihn bat, sie zu den Indianern mitzunehmen, hatte er zuerst ‹nein› gesagt. Schließlich konnte sie ihn doch dazu überreden. Damit begannen für Ann die aufregendsten Wochen ihres Lebens. Sie lernte die Wüste und das Gebirge kennen, sie lernte Hunger, Durst und Müdigkeit ertragen. Und jetzt saß sie in diesem langweiligen, braven Internat und durfte nicht einmal an die frische Luft, weil die Sonne angeblich ihrer Haut schadete. Lächerlich! Chees Haut war sonngebräunt gewesen und hatte einen bronzefarbenen Schimmer gehabt. Das war eigentlich das einzige, woran man seine indianische Abstammung erkennen konnte. «Ein Teil meines Herzens gehört den Weißen, der andere dem Stamm meiner Mutter», hatte er einmal zu ihr gesagt.

Ann seufzte. Was hatte es für einen Zweck, darüber nachzudenken? Als die drei Wochen um waren, brachte Chee sie wie versprochen nach Mesilla zurück. Dort erwartete sie Tante Adele, die ihr Photo an allen Grenzposten hatte aushängen lassen. Sie beschimpfte Chee und jagte ihn davon. Ann durfte sich nicht einmal von ihm verabschieden. Am Bahnhof behauptete Ann, sie habe ihren Schal verloren, und so gelang es ihr, ihn noch einmal zu sehen, bevor der Zug abfuhr. Sie sagten sich auf Wiedersehen. Dann ging Chee zu seinem Pferd, schwang sich in den Sattel und ritt, ohne noch einmal zurückzublikken, davon. Inzwischen waren zwei Jahre vergangen, zwei lange Jahre sticken, häkeln und Anstandsunterricht, zwei

Jahre lang Rezepte für Aprikosenkonfitüre und Vorträge über das Einweichen der Wochenwäsche. «Manchmal», dachte sie, «kommt es mir vor, als hätte ich in den ganzen neunzehn Jahren nur drei Wochen lang richtig gelebt und die übrige Zeit verschlafen! Ich werde krank, wenn das so weitergeht, ich werde...»

Vor Aufregung stach sie sich kräftig in den Finger.

«Au!»

Die Vorsteherin hob den Kopf.

«Annette-Beatrix, du verstehst es wirklich, unangenehm aufzufallen. Muß ich dich von morgens bis abends ermahnen?» Dann merkte sie, daß es Abend wurde.

«Übrigens ist bald Essenszeit. Mary und Annette-Beatrix, ihr macht heute Tischdienst.»

Die Schülerinnen mußten der Reihe nach beim Tischdecken und beim Servieren der Mahlzeiten helfen. Ann und Mary banden eine Schürze über ihre Uniform und gingen in die Küche.

«Jetzt hat dich die Señora schon zum drittenmal in dieser Woche zum Tischdienst eingeteilt», murrte Mary empört. «Findest du nicht, daß sie übertreibt?»

Ann zuckte die Achseln.

«Sie wird schon ihre Gründe haben.»

Die beiden mexikanischen Mädchen in der Küche schnatterten wie die Gänse, während sie die Suppe in große Terrinen füllten. Ann und Mary ergriffen jede einen Stapel Teller. Plötzlich blieb Ann stehen und horchte. Sie verstand genügend Spanisch, um dem Gespräch der mexikanischen Mädchen zu folgen.

«Mein Verlobter hat gesagt, ich dürfe heute nicht in

die Stadt gehen», plapperte die schüchterne kleine Luisa. «Es soll Unruhen geben, die Indianer kommen.»

Ann drehte sich um und sah über ihre Teller hinweg das Mädchen an.

«Indianer? Von welchem Stamm?»

«Ich weiß nicht. Mein Verlobter hat nur gesagt, Häuptling Cochise sei bereit, mit unserem Kommandanten McCoy zu verhandeln. In der Stadt wird es von Wilden wimmeln. Da bleibt man besser zu Hause.»

«Vorsicht die Teller, Ann», schrie Mary. Aber es war schon zu spät. Ann hielt nur noch den untersten Teller in der Hand. Erschrocken betrachtete sie den Scherbenhaufen auf dem Steinboden.

«Heilige Jungfrau!» jammerte Luisa. «Die Señora wird Sie furchtbar ausschimpfen.»

Sie half Ann, die Scherben zusammenzukehren. Beide kauerten auf der Erde. Ann beugte sich zu dem Mädchen.

«Wann kommen die Indianer?» flüsterte sie.

«Heute abend, sagt man. Aber ich weiß es nicht genau! Schnell, schnell, Señorita, wir müssen alles wegräumen.»

«Was gibt es denn nun schon wieder?» ertönte die strenge Stimme der Vorsteherin. Niemand hatte sie kommen gehört. Mit einem Blick übersah Señora Ramirez den Scherbenhaufen.

«Wer hat die Teller fallen lassen? Das kannst nur du gewesen sein, Annette-Beatrix! Ich warne dich, Mädchen, noch eine einzige Ungeschicklichkeit und du gehst ohne Essen zu Bett!»

Sie hüllte sich in ihren Schal und rauschte hinaus.

«Hexe!» zischte Mary ihr nach. Ann stand auf. Sie war

noch viel zu aufgeregt, um die Drohung ernstzunehmen. Häuptling Cochise würde nach Tucson kommen. Sein Stamm, die Chiricahuas, hatte sich seinerzeit mit dem Stamm der White-Mountain-Apachen verbündet, zu dem Chees Mutter gehörte. Ann hatte Cochise selbst nie gesehen. Aber seinen Sohn Tahzay kannte sie gut. Inzwischen gehörte er wohl schon zu den Kriegern. Bestimmt begleitete er seinen Vater. Wenn sie nur mit ihm sprechen könnte!...

«Heute abend kommen sie», überlegte Ann, während sie mit zitternden Händen den Tisch deckte. «Das Internat liegt an der großen Straße nach Westen. Wenn Cochise und seine Krieger aus den Dragon Mountains kommen, müssen sie hier vorbei... Ich muß Tahzay sprechen! Er wird mir Nachrichten von Chee bringen. Ich muß wissen, wie es ihm geht. Wenn er Nah-lin geheiratet hat, dann... dann werde ich versuchen, ihn zu vergessen. Dann ist es, als ob er tot wäre. Wenn nicht...» Aber wie sollte sie an Tahzay herankommen? Sie durften nur in Gruppen und unter Miß Alcotts Aufsicht hinaus, und niemals abends.

«Der Baum!» schoß es Ann durch den Kopf. «Ich muß auf den Baum klettern. Es ist beinah Vollmond. Ich werde Tahzay bestimmt erkennen, wenn er mit den anderen Kriegern vorbeireitet. Ich werde ihn ansprechen...»

Aber wie sollte sie sich in den Garten schleichen? Jetzt kam bald das Abendessen, dann eine Vorlesung, dann die Abendandacht. Um neun Uhr mußten alle im Bett sein. Um zehn machte Miß Alcott ihre Kontrollrunde. So lange konnte sie unmöglich warten.

«Ich muß einen Vorwand finden, damit ich schon jetzt

auf den Baum klettern und die Straße beobachten kann», überlegte Ann. «Aber wie?»

Die Drohung der Señora fiel ihr wieder ein.

«Noch eine einzige Ungeschicklichkeit, und du gehst ohne Essen zu Bett!»

Ann lächelte. Das war es! Sie ging in die Küche und kam mit einer dampfenden Saucière in den Speisesaal zurück. Aus den Augenwinkeln beobachtete sie die Vorsteherin, die nachsah, ob der Tisch richtig gedeckt war. Ann biß auf die Zähne und goß kurzentschlossen die Sauce auf das Tischtuch. Dann heuchelte sie einen erschrockenen Aufschrei. Die klebrige Sauce verteilte sich überallhin, sie verschmierte Teller und Servietten, selbst auf Anns Rock, auf ihren Schuhen und auf dem Fußboden waren Flecken.

Die Augen der Señora blitzten.

«Jetzt reicht es aber!» schrie sie. «Du hast wohl zwei linke Hände! Du legst sofort ein neues Tischtuch und neue Servietten auf! Die schmutzige Tischdecke wirst du eigenhändig waschen und bügeln! Und dann geh in dein Zimmer! Du hast für heute genug Schaden angerichtet.»

Ann nahm rasch das schmutzige Tischtuch ab und legte ein sauberes auf. Prima! Das hatte geklappt.

«Pechvogel!» flüsterte Mary ihr zu. «Und dabei meint deine Tante, du müssest mehr essen!»

Ann lächelte.

«Macht nichts», antwortete sie so fröhlich, daß Mary ihr besorgt und verwundert nachsah. Ann stieg triumphierend die Treppe zu den Schlafräumen hinauf. Oben im Flur versteckte sie sich in einer Türnische, um eine

Gruppe Schülerinnen vorbeizulassen, die zum Speisesaal wollten. Als sie wieder allein war, schlüpfte sie aus ihrem Versteck und schlich durch die leeren Gänge zu der Tür, die in den Garten führte.

2. KAPITEL

Der Garten war Señora Ramirez' ganzer Stolz. Da blühten Orangen- und Zitronenbäume, Jasminsträucher und Lorbeerbüsche. Vorsichtig schlich sich Ann zwischen ihnen hindurch. Es dämmerte schon, und nach der Hitze des Tages was es angenehm kühl. Es roch nach Jasmin, nach Staub und warmem Laub. Ann ging zu der Eiche neben der Mauer. Sie raffte ihren langen Rock hoch, steckte einen Zipfel im Gürtel fest und kletterte geschickt auf den Baum. Oben setzte sie sich rittlings auf einen Ast und strich sich die Haare aus dem Gesicht.

Von hier aus konnte sie die ganze Straße übersehen. Ann machte es sich so bequem wie möglich. So!... Jetzt blieb ihr nichts anderes übrig als zu warten.

Die Stadt schien wirklich außergewöhnlich belebt. Männer gingen in Gruppen auf und ab und sprachen leise miteinander. Obwohl es schon dunkelte, konnte Ann ihre Waffen aufblitzen sehen. Ein Hund bellte, ein zweiter antwortete, Lichter flackerten auf.

Die Zeit verstrich. Ann wechselte öfters die Stellung. Es war ziemlich unbequem hier oben. Ein spitzer Ast stach sie in die Seite, ein anderer drückte gegen ihren Rücken. Allmählich spürte Ann, wie ihr Mut sank. Wenn

Luisa sich nun geirrt hatte? Wenn die Indianer auf einem anderen Weg oder gar nicht in die Stadt kamen? Wenn Tahzay seinen Vater gar nicht begleitete? Ann konnte unmöglich Cochise ansprechen und ihm ihre Geschichte erzählen. Ein Indianerhäuptling hat anderes zu tun, als sich um die Sorgen eines jungen Mädchens zu kümmern.

Es war Nacht geworden. Der Mond stand rund und glatt am Himmel.

Plötzlich hörte Ann gedämpftes Hufgetrappel. Sie wußte sofort, daß das nur unbeschlagene Pferde sein konnten, Apachenponys! Sie zitterte vor Aufregung. Vorsichtig kroch sie auf dem Bauch vorwärts, bis sie sich genau über der Mauer befand. Der Ast schwankte und schaukelte, aber er hielt.

Jetzt tauchte am Ende der Straße der dunkle Umriß einer Reitergruppe auf. Sie kam in raschem, weichem Trab näher. Nur Apachenpferde hatten diesen Gang. Es waren ziemlich viele, sie nahmen die ganze Straßenbreite ein. Ann beugte sich vor, so weit sie konnte. An der Spitze der Truppe trabte ein schneeweißes Pferd. Auf seine Brust war mit roter Farbe das Zeichen der Sonne und des Donnervogels gemalt. Sein Reiter war ein großer Mann, sein langes Haar wurde von einem Band zusammengehalten. Er hatte ein hartes, stolzes Gesicht. Das war Cochise, der Häuptling aller Apachen. Neben ihm ritten Krieger, die mit Gewehren und befiederten Pfeilen bewaffnet waren. Plötzlich entdeckte Ann zwischen diesen Männern einen jungen Burschen mit glattem Gesicht und schrägstehenden Augen.

«Tahzay!»

Der junge Mann fuhr zusammen und zog unwillkürlich am Zügel. Die anderen Indianer ritten weiter, ohne ihr Tempo zu verlangsamen oder auf ihn zu achten.

«Tahzay», sagte Ann noch einmal. «Psst! Hier bin ich.»

Der Indianer sah sich suchend um und seine Blicke blieben schließlich an der dunklen Gestalt oben auf dem Baum hängen. Er wendete sein Pferd und ritt zur Mauer. Plötzlich roch Ann wieder diesen kräftigen, aber nicht unangenehmen Geruch, der den Indianern eigen ist: ein Geruch nach Rauch, Harz und ungegerbtem Leder.

«Tahzay! Ich bin es!» stammelte sie. Sie schob die Blätter auseinander, damit Tahzay ihr Gesicht sehen konnte. Verblüfft sah der Indianer zu ihr auf.

«Goldhaar!» sagte er.

«Ich wußte, daß du kommen würdest», flüsterte Ann. «Ich wollte dich unbedingt sprechen.»

«Bist du hier gefangen?»

«Beinahe!» Ich darf das Haus nicht verlassen. Ich... Oh! Tahzay! Ich bin so glücklich, dich wiederzusehen! Und Chee? Was ist aus ihm geworden?»

«Chee ist fortgegangen», berichtete Tahzay. «Viele Monde ist er nicht mehr zu seinem Stamm zurückgekehrt. Mein Vater hat ihm das Versprechen abgenommen, keine Weißen mehr durch unser Gebiet zu führen. Jetzt reitet er auf einer Ranch im Sonoitatal Pferde zu.»

Die Sonoita war ein wilder Bergbach, der sich im Lauf der Jahrtausende tief in die Berge eingeschnitten hatte. Das Klima war dort besonders gesund, und viele Pferdezüchter hatten Ranchs in der Umgebung des alten mexikanischen Dorfes Tubac, das wegen seiner fruchtbaren

Felder und Weiden berühmt war. Von Tucson aus war es bequem in zwei Tagesritten zu erreichen.

«Wenn du Chee siehst», flüsterte Ann hastig, «dann sage ihm, wo ich bin. Sage ihm, daß ich ihn nicht vergessen habe, daß ich unglücklich bin und daß...»

Sie hielt inne und biß sich auf die Lippen.

«Nein, sage ihm nichts. Er ist mit Nah-lin zusammen, nicht wahr?»

Nah-lin mit den leuchtenden Augen und dem langen, seidenweichen Haar. Bestimmt hatte Chee sie geheiratet, und bestimmt...

Tahzay schüttelte langsam den Kopf.

«Wir alle haben gehofft, Chee würde Nah-lin heiraten, aber er wollte nicht. Chee ist halber Amerikaner, er denkt nicht wie wir. Niemand kann ihm deshalb einen Vorwurf machen.»

Ann spürte, wie ihr die Tränen kamen. Diesmal weinte sie wirklich, aber vor Erleichterung und Freude. Die Tränen rannen ihr über die Nase, und sie wischte sie mit dem Ärmel ab.

«Wirst du mit Chee sprechen?» fragte sie.

«Ja», antwortete der junge Indianer ernst. «Tahzay vergißt nie, daß Goldhaar ihm einmal das Leben gerettet hat.»

Ann nahm sich zusammen und wischte sich die Tränen ab. «Was macht ihr in Tucson?» fragte sie.

«Mein Vater will mit dem Kommandanten eurer Armee über einen Frieden verhandeln. Die Apachen haben genug vom Krieg.»

«Seid vorsichtig!» warnte Ann. «Es sind viele Bewaffnete in der Stadt und...»

Sie hielt inne, denn sie merkte plötzlich, daß sie nicht mehr allein waren. Unter dem Baum hörte man Kleider rascheln, dann ertönte aus dem Dunkel die schneidende Stimme der Señora:

«Mit wem sprichst du, Annette-Beatrix? Komm sofort herunter, hörst du!»

Ann hatte nicht einmal mehr Zeit zu überlegen, woher die Señora wohl wußte, daß sie hier war. Vor Schreck machte sie eine falsche Bewegung, sie verlor das Gleichgewicht und stürzte. Zweige brachen ab, und sie schlug hart am Boden auf. Sie wickelte sich aus ihren Röcken und stand auf. Ihr Rücken schmerzte. Sie fühlte sich ganz zerschlagen.

Eusebia Incarnacion Ramirez musterte sie mit eisiger Miene.

«Mit wem hast du da eben gesprochen?»

«Sicher denkt sie, ich habe ein Rendez-vous mit meinem Freund», überlegte Ann. «Wozu soll ich ihr die Wahrheit sagen, das macht doch alles nur noch schlimmer!»

Sie gab keine Antwort und rieb sich die schmerzenden Ellbogen. Die Señora wartete eine Weile, dann befahl sie barsch: «Komm mit!»

Sie drehte sich auf dem Absatz um. Ann folgte ihr schweigend. Sie hörte, wie Tahzays Pferd hinter der Mauer unschlüssig im Kreis trippelte und dann davontrabte.

«Jetzt wird es Ärger geben!» sagte sich Ann resigniert. «Aber was solls! Tahzay wir mit Chee sprechen, und eines Tages... eines Tages kommt er mich holen!»

Wortlos brachte die Señora Ann in einen winzigen, weißgetünchten Raum, in dem nur ein Bett und ein Stuhl standen.

«Es ist dir wohl klar, daß wir dich nach deinem schändlichen Verhalten nicht länger bei uns behalten können. Dein Beispiel wäre verderblich für die anderen Mädchen. Morgen werde ich deine Tante benachrichtigen, damit sie dich abholen läßt.»

Ihr Doppelkinn zitterte vor Empörung, und sie rauschte hinaus. Ann hörte, wie sich der Schlüssel im Schloß drehte. Sie biß in ihre Hand, um nicht vor Wut zu schreien. Von der Schule verwiesen! Etwas Schlimmeres hätte ihr nicht passieren können. Tante Adele würde das als persönliche Beleidigung auffassen, und Ann mußte auch noch ihren Zorn über sich ergehen lassen.

Verstört knöpfte sie ihr Kleid auf und streckte sich auf dem Bett aus. Sie versuchte zu schlafen, aber es gelang ihr nicht. Sie war viel zu aufgeregt. Unruhig wälzte sie sich auf dem Bett hin und her. Endlich döste sie ein.

Ein ohrenbetäubender Lärm weckte sie. Verstört setzte sie sich auf. Es wurde schon Tag. Der Raum lag im grauen Dämmerlicht. Aber dieser Lärm... Ann kannte ihn: das war eine Schießerei! Er kam aus dem Stadtzentrum, wo die Garnison lag. Ann sprang aus dem Bett und lief zum Fenster. Von dort konnte sie ein Stück Straße überblicken. Männer liefen aufgeregt umher. Eine Gruppe Soldaten zu Pferd stob in einer Staubwolke vorbei.

Dann legte sich der Tumult allmählich. Ann rührte sich nicht vom Fenster und kaute an ihren Nägeln. Es mußte etwas passiert sein... Tahzay hatte doch gesagt, sein Vater wolle mit McCoy Friedensverhandlungen führen. Weshalb dann diese Schießerei?

«Vielleicht ist Tahzay tot!» dachte Ann voller Angst. «Vielleicht ist er tot und kann Chee nicht mehr sagen, wo ich bin...»

Verzweifelt warf sie sich aufs Bett und starrte die Wände ihrer Zelle an.

Wieder vergingen Stunden. Die Morgensonne blendete sie. Ann konnte es vor Angst und Ungeduld kaum noch aushalten. Niemand schien sich um sie zu kümmern. Hatte man sie vergessen?

Endlich rasselten draußen Schlüssel, und die Tür ging auf. Miß Alcott brachte ein Tablett mit einer Tasse Milch und ein paar Scheiben Brot. Ihr Gesicht mit der spitzen Nase war grau.

«Die Señora schickt dir etwas zu essen... Ich soll dir ausrichten, deine Tante sei benachrichtigt und ließe dich heute nachmittag abholen.»

Ann zeigte keinerlei Reaktion, und Miß Alcott seufzte.

«Weshalb hast du das getan, Annette-Beatrix? Das hätte ich nie von dir gedacht!»

Ann spürte, daß Miß Alcott sie im Grund gerne mochte und sie bedauerte.

Sie zuckte die Achseln.

«Ich habe nichts Böses getan.»

Die Aufseherin schüttelte betrübt den Kopf.

«Ich habe versucht, mit der Señora zu sprechen, sie um

Nachsicht zu bitten. Aber sie wollte nichts davon hören...»

«Das ist sehr nett von Ihnen, Miß Alcott», sagte Ann gerührt.

Sie konnte die Frage, die ihr auf den Lippen brannte, nicht länger zurückhalten:

«Was ist heute morgen in der Stadt passiert? Was hatte diese Schießerei zu bedeuten?»

«Oh mein Gott!» rief Miß Alcott und preßte die Hände auf die Brust. «In was für einer schrecklichen Zeit leben wir! Kommandant McCoy hat diese Indianer vertrauensvoll empfangen. Und plötzlich, mitten in den Verhandlungen, ziehen sie ihre Waffen und beginnen auf die Soldaten zu schießen. Zum Glück hat der Kommandant, Gott schütze ihn, einen Verrat geahnt und das Gebäude, in dem die Verhandlungen stattfanden, mit bewaffneten Truppen umstellt. Die Wilden sind alle erschossen worden.»

«Alle?» schrie Ann entsetzt.

«Alle außer dem Häuptling Cochise und seinem Sohn. Die wurden gefangengenommen. Sie werden der gerechten Strafe nicht entgehen.»

«Welcher Strafe?»

«Man wird sie hängen.»

Ann wurde blaß. «Das ist doch unmöglich», dachte sie. «Indianer, die ins Lager kommen, um über den Frieden zu verhandeln, fangen nicht grundlos eine Schießerei an. Das muß ein Mißverständnis sein, oder aber...»

Der Gedanke erschien ihr so ungeheuerlich, daß sie nicht wagte, ihn zu Ende zu denken.

«Du brauchst keine Angst zu haben», bemerkte Miß

Alcott. «Diese Wilden können uns nichts Böses mehr tun.»

Sie verabschiedete sich freundlich von Ann, riet ihr, etwas zu essen, und ging. Ann begann in ihrer Zelle auf und ab zu gehen. «Das ist ja entsetzlich! Man muß Tahzay und seinen Vater retten! Aber wie?»

Sie wurde sich ihrer Ohnmacht immer mehr bewußt. Sie war nur eine kleine Internatsschülerin, die wegen ungehörigen Verhaltens mit Schimpf und Schande von der Schule verwiesen wurde. Wie sollte sie da den Indianerhäuptling und seinen Sohn aus dem Gefängnis befreien?

Wieder verstrichen die Stunden. Ann glaubte verrückt zu werden vor Ungeduld. Unablässig ging sie auf und ab und kaute an ihren Fingernägeln. Endlich, am frühen Nachmittag, öffnete die Vorsteherin ihre Zellentür. Das glatte, bleiche Gesicht der Señora drückte tiefe Verachtung aus.

«Der Wagen wartet. Du hast gerade noch Zeit, deine Koffer zu packen und dich von deinen Kameradinnen zu verabschieden.»

«Señora...» begann Ann verzweifelt.

Die Señora winkte ab.

«Schweig! Du hast nichts mehr zu sagen!»

Anns Widerspruchsgeist erwachte. Jetzt übertreibt sie! Sie hat kein Recht, so mit mir zu sprechen. Mit hocherhobenem Kopf folgte sie der Señora in den Schlafsaal. Dort mußte Ann unter dem strengen, unbewegten Blick der Señora ihre Sachen zusammenpacken. Unter einem Stapel von Unterröcken und Hemden zog Ann einen leuchtend roten Seidenschal hervor. Eine Zeitlang betrachtete sie ihn lächelnd, bis sie merkte, daß die Señora sie empört beobachtete. Dann versteckte sie ihn hastig wieder unter der Wäsche.

Als alles bereit war, zog Ann Hut und Mantel an. Sie mußte den schweren Koffer selbst tragen und stolperte hinter Eusebia Incarnacion Ramirez her, die mit schnellen Schritten voranging.

Bedrückt und schweigend warteten die Mädchen im Besuchszimmer. Ann hatte für alle ein freundliches Wort. Sie umarmte Mary, die zu schluchzen anfing.

«Was hast du denn getan? Weshalb mußt du fort?»

Ann wollte antworten, aber die Señora fiel ihr ins Wort.

«Die Gründe gehen niemanden etwas an. Aber das soll euch allen eine Lehre sein. Von jetzt ab werde ich nicht den geringsten Ungehorsam mehr dulden!»

Ann löste sich sanft von Mary.

«Ich schreibe dir bald», versprach sie.

Der Einspänner stand vor der Tür. Unter einem Sonnenschirm wartete eine alte Frau mit rotem, verhutzeltem Gesicht. Verstohlen tupfte sie sich mit einem Taschentuch die Tränen von den Wangen.

«Annette!»

Schluchzend schloß die alte Kinderfrau das Mädchen in die Arme.

«Oh Annette! Welche Schande! Welcher Kummer für deine Tante!»

«Es tut mir leid», flüsterte Annette ehrlich betroffen.

Der Kutscher, ein brummiger alter Mann, der nach Kautabak roch, nahm Anns Koffer und schwang ihn auf den Wagen.

«Leben Sie wohl, Señora», sagte Ann zu der Vorsteherin.

Die Señora bewegte kaum die Lippen.

«Gott möge dir verzeihen und dich schützen», sagte sie trocken. Dann ging sie hinein und machte die Tür zu.

Ann konnte sich nicht verkneifen, eine Grimasse zu schneiden. «Alte Hexe!»

Sie kletterte zu Eulalia in den Wagen.

«Was hast du nur angestellt, daß sie dich von der Schule verwiesen haben?» jammerte die Kinderfrau.

«Nichts», sagte Annette abweisend.

Der Kutscher knallte mit der Peitsche. Das Pferd zog an. Ann vergaß für einen Augenblick ihre Sorgen und sah sich eifrig um. Sie fuhren durch das Stadtzentrum, durch die Hauptstraße mit ihren hölzernen Trottoirs und den Häusern mit baufälligen Vorbauten. Lärmende Cowboys drängten sich vor den Türen der Saloons. Die meisten trugen Bärte oder waren schlecht rasiert, fast alle waren schmutzig und bis auf die Zähne bewaffnet. Blauuniformierte Soldaten schlenderten mit klirrenden Sporen umher. Einige Mexikaner standen gegen eine Hausmauer gelehnt; sie trugen bunte Decken zusammengefaltet über der Schulter.

«Frei!» dachte Ann. «Ich bin frei!» Aber diese Freiheit war nur eine Täuschung: bald würde sie wieder unter Tante Adeles Fuchtel stehen. Und unterdessen drohte Tahzay und seinem Vater der Tod. Kein Mensch in Tucson würde ihnen helfen...

Ein Maultierkarren versperrte die Straße. Der Einspänner mußte anhalten. Eulalia schneuzte sich in ihr

Taschentuch, der Kutscher schob den Kautabak von einer Backe in die andere und wartete, bis der Weg wieder frei wurde. Eine wahnwitzige Idee schoß Ann durch den Kopf: vom Wagen springen, sich verstecken... Sie mußte den Gefangenen helfen. Wenn sie sie befreien konnte...

Gewiß, das würde eine furchtbare Geschichte geben. Tante Adele würde in Ohnmacht fallen. Aber die Lage war sowieso schon verfahren...

Rasch flüsterte sie Eulalia zu:

«Es tut mir furchtbar leid, wenn ich dir jetzt Kummer machen muß. Ich bin bald wieder zurück.» Dann raffte sie ihre Röcke, sprang vom Wagen, strauchelte kurz und rannte davon.

Sie bog in eine Seitenstraße ein, dann nochmals um eine Ecke, bis sie vor einer hölzernen Treppe stand, die zum ersten Stock eines Gebäudes hinaufführte. Wahrscheinlich war es ein Saloon. Vor der Treppe standen leere Fässer. Ann kroch vorsichtig unter die Stufen und legte sich flach auf den Bauch, so daß sie hinter den Fässern verborgen war. Atemlos wartete sie, ihr Herz klopfte zum Zerspringen. Bald kamen Leute gelaufen, Ann konnte nur ihre Stiefel sehen. Dann wirbelten schwarze Röcke vorbei.

Ann preßte die Hand vor den Mund. Vor Aufregung hätte sie beinahe laut gelacht. Sie wunderte sich jetzt selbst über ihre Kühnheit. Ihre ganze, viel zu lange aufgestaute Energie war plötzlich ausgebrochen und gab ihr ein trügerisches Gefühl von Kraft. Sie hätte Bäume ausreißen können.

«Was ist nur mit mir los?» wunderte sie sich. «Gestern ging es mir noch so schlecht, daß Tante Adele mir Stärkungsmittel bringen mußte, und heute wage ich die unglaublichsten Dinge.»

Die Antwort war einfach: sie wußte, wo Chee war, und sie wußte, daß er Nah-lin nicht geheiratet hatte. Nichts hinderte sie, zu ihm zu gehen. Früher hätte sie nie den Mut dazu gehabt. Aber in diesen beiden trostlosen Internatsjahren hatte sie begriffen, daß sie Chee brauchte.

«Ich werde ihn wiederfinden!» dachte sie. «Ich werde ihn wiederfinden, auch wenn die ganze Welt gegen mich ist.»

Sie wartete noch eine Weile. Dann spähte sie vorsichtig aus ihrem Versteck. Die Luft war rein! Ann sprang auf und lief davon.

Auf der Hauptstraße ging sie langsamer, um keine Aufmerksamkeit auf sich zu lenken. Es waren viele Menschen unterwegs. Ann war plötzlich von einer nach Schnaps und Tabak riechenden Menge umgeben, die sie herumstieß und ihr auf die Füße trat. Frauen waren kaum zu sehen und kein einziges junges Mädchen. Ganz allein bahnte sie sich einen Weg durch einen Haufen recht zweifelhaft aussehender Kerle. «Ich falle zu sehr auf», dachte sie nervös, «als einziges Mädchen und obendrein in Internatsuniform.»

Dann merkte sir, daß fast alle Leute in die gleiche Richtung gingen: zum Kasernenviertel. Die Armee war in einem weitläufigen, umzäunten Barackenkomplex untergebracht. Ganz in der Nähe befand sich das Büro des Sheriffs und das Gefängnis. Auf den Trottoirs drängten sich Gruppen von Männern, die lebhaft miteinander sprachen. Ann schnappte Fetzen der Unterhaltung auf:

«Unsere Burschen haben die Rothäute umgebracht, bevor sie Zeit hatten, zu ihren Lanzen zu greifen. Das hat prima geklappt!»

«...ein Schlaukopf, dieser McCoy! Der hat den alten Fuchs Cochise schön hereingelegt!»

«Wird es vor der Hinrichtung noch eine Gerichtsverhandlung geben?»

«Nur der Form halber. Man muß ja schließlich den Schein wahren!»

Ann ballte die Fäuste. «Ich habe es ja gewußt. Diese Scheusale haben Cochise in eine Falle gelockt! Am liebsten würde ich ihnen den Hals umdrehen.» Dann verließ sie der Mut. Das Gefängnis wurde bestimmt scharf bewacht. Wie sollte es ihr da gelingen, allein die beiden Indianer dort herauszuholen.

Die Sonne brannte auf die Baracken. Den Wachen vor dem Stabsgebäude lief der Schweiß über die Stirn. Dort drin waren die Apachen überfallen worden. Man hatte alle Spuren des Kampfes beseitigt. Die Ponys der Indianer waren etwas abseits in einem Korral zusammengetrieben worden. Ann erkannte Argua, Cochises weißen Hengst. Sie erinnerte sich wieder an die Feuersbrunst, die eines abends bei einem Gewitter im Indianerlager ausgebrochen war. Die Pferde waren davongestürmt. Chee hatte Tahzay geholfen, den verstörten Hengst wieder einzufangen.

Das Mädchen schlenderte zum Korral hinüber und stützte sich auf den Zaun. Nach Indianerart pfiff sie leise zwischen den Zähnen hindurch. Argua stutzte. Dann kam er schnaubend näher und rieb seine Nüstern an Anns Händen. Während das Mädchen den Hengst streichelte, sah es sich aufmerksam um. Vor dem Korral standen keine Wachen. Es konnte nicht allzu schwer sein, sich bei Dunkelheit ein paar Pferde herauszuholen.

Ann sah zum Gefängnis hinüber, das auf der anderen Seite des Platzes stand. Es war ein hölzernes, schon ziemlich baufälliges Gebäude. Wie Ann befürchtet hatte, war es streng bewacht. Überall standen bewaffnete Soldaten. Aber sie ließen ungehindert Neugierige durch, die sich darum rissen, einen Blick durch die vergitterten Fenster zu werfen.

«Wie könnte ich es bloß anstellen?» überlegte Ann. Dann hatte sie plötzlich eine Idee: Feuer! Das Gefängnis in Brand stecken! Die morschen Wände würden brennen wie Zunder, und die Indianer konnten in dem allgemeinen Durcheinander entkommen.

Der Plan war gut, aber Ann sah ein, daß sie ihn nicht allein ausführen konnte. Sie mußte es den Gefangenen überlassen, zu handeln, wenn der Augenblick ihnen günstig erschien. Ann konnte ihnen nur etwas zustecken, womit sie die Baracke anzünden konnten, und sich mit den Pferden bereithalten.

Plötzlich fühlte sich Ann beobachtet. Ein Sergeant kam auf sie zu.

«Suchen Sie jemanden, Miß? Kann ich Ihnen behilflich sein?»

«Hm... nein danke!» stotterte Ann erschrocken. «Ich habe mir nur die Pferde angesehen.»

«Sie sollten lieber nach Hause gehen», riet ihr der Sergeant, «dies ist kein Ort für junge Damen.»

Ann hielt es für ratsam, zu verschwinden. Rasch ging sie über den Platz und sah ärgerlich an ihrer Internatsuniform hinunter.

«Es ist zu dumm. Alle Leute mustern mich! Ich muß mich unbedingt anders anziehen. Zum Glück habe ich noch ein wenig Geld...»

Sie ging durch die Hauptstraße und sah sich nach einem Drug-Store um. Endlich fand sie, was sie suchte. Es war eine große Baracke, in der es nach Schimmel roch. Um die Theke herum standen Säcke mit Zucker, Mehl und Kaffee. Aber es wurden auch Kleider verkauft, die meisten so abgetragen, daß kein Bettler sie mehr angenommen hätte. Ann stolperte über einen Haufen alter Schuhe. Einige waren schon ganz grau vor Schimmel.

«Du lieber Gott! Ist das ein Ramsch!» dachte Ann bestürzt.

Eine dicke Frau kam aus dem Hintergrund der Baracke geschlurft.

«Sie wünschen?» brummte sie unfreundlich.

«Ich brauche eine Hose, ein Hemd und eine warme Jacke», sagte Ann entschieden.

Die Frau grinste. Sie stank nach Knoblauch und Kautabak.

«So, willst du dich verkleiden, Kind?»

Ann überwand ihren Ekel und zeigte ungeniert auf ihre weiten, langen Röcke.

«Ich muß mit einem Konvoi aufbrechen. In dieser Aufmachung kann ich nicht gut ein Pferd besteigen.»

Kurz darauf bemühte sie sich, vor dem zersprungenen Spiegel an der Wand, ihr langes Haar hochzustecken und unter einem Männerhut zu verbergen.

Die Alte beobachtete sie mißtrauisch.

«Du hast Glück, daß ich nicht wissen will, was du vorhast, Kind. Aber für Geld liefere ich alles.»

«Ich weiß!» sagte Ann und lächelte sie an. «Ich brauche übrigens noch eine Schachtel Streichhölzer.»

Sie schnürte ihre Schuluniform zu einem Bündel zusammen und war nicht mehr wiederzuerkennen, als sie den Laden verließ. Sie trug verwaschene Blue Jeans, ein kariertes Hemd und eine speckige Lederjacke. Der Hut war viel zu groß und rutschte ihr über die Augen. Immer wieder mußte sie ihn zurückschieben. Elegant war diese Aufmachung wirklich nicht, aber wenigstens hielten die Leute sie jetzt für einen Jungen und ließen sie in Ruhe.

Wieder schlenderte Ann zum Gefängnis. Jetzt standen noch mehr Leute auf dem Platz herum als vorher, und sie mußte sich mit den Ellbogen zum Gebäude vorkämpfen. Ein durchdringender Geruch nach Schweiß, Tabak und Schnaps erfüllte die Luft. Ann rümpfte angeekelt die Nase und kämpfte sich mit gesenktem Kopf durch die Menge. Endlich stand sie vor der Zelle, in der die beiden Apachen eingesperrt waren. Vor dem winzigen Fenster stand ein großer, vierschrötiger Kerl. In seinem zottigen Bart hingen noch Speisereste. Er machte sich einen Spaß daraus, die Gefangenen zu hänseln.

«Na, Cochise, du alter Fuchs, jetzt hast du nichts mehr zu lachen. Morgen baumelst du an einem Strick! Die Geier werden ihren Spaß haben.» War das ein widerlicher

Kerl! Kurzentschlossen trat Ann näher an diesen Burschen heran:

«He Mister! Ich möchte mir die Indianer auch mal ansehen!»

Der Kerl drehte sich um. Er stank so sehr nach billigem Whisky, daß es Ann fast den Magen umdrehte.

«So ist's recht, mein Junge! Sieh dir den alten Fuchs nur an! He, macht dem Jungen ein wenig Platz!»

Ann trat zum Fenster. In der Zelle war es sehr dunkel. Draußen blendete das grelle Sonnenlicht, und so konnte sie nur undeutlich zwei Gestalten erkennen, die unbeweglich an der gegenüberliegenden Wand am Boden kauerten. Trotzdem sah sie, daß eine der beiden Gestalten zusammenzuckte. Tahzay mußte sie erkannt haben! Sie hob den Arm, tat, als wolle sie sich am Gitter festhalten und ließ die Streichhölzer in die Zelle fallen. Niemand hatte etwas bemerkt.

«Vorsicht Junge! Geh nicht zu nah ran!» brummte der Kerl neben ihr.

Er tat so, als wären die beiden wilde Tiere im Zirkus. Ann mußte sich zusammennehmen.

«Danke Mister!» sagte sie und berührte den Hutrand.

Dann machte sie, daß sie wegkam. Sie hatte Herzklopfen. Sie hatte viel aufs Spiel gesetzt, aber die erste Partie war gewonnen. Jetzt mußten die Indianer handeln.

Ann beschloß, in der Nähe des Gefängnisses zu bleiben und zu beobachten, wie sich die Sache weiterentwickelte. Es war kein sehr geeigneter Ort zum Übernachten, aber ihr blieb keine andere Wahl. Mit den Händen in den Hosentaschen schlenderte Ann um die

Kaserne herum, beobachtete die Soldaten beim Exerzieren und sah sich die Wachablösung an. Es war herrlich, als Junge verkleidet zu sein. Sie konnte überall herumlaufen, ohne daß sich jemand darüber aufhielt.

Als es dunkel wurde, zerstreuten sich die Neugierigen. Lässig an eine Hütte gelehnt, den Hut auf der Nasenspitze, sah Ann zu, wie sich der Platz leerte und wie in den Kasernen und im Büro des Sheriffs die Lichter angingen. Niemand achtete auf den mageren Jungen, der sich zum Pferdekorral schlich. Er war leicht zu öffnen. Ann hob den Balken und schlüpfte hinein. Geduckt kroch sie zwischen den Indianerponys hindurch, streichelte sie und sprach beruhigend auf sie ein. Das anliegende, dunkle Gebäude gehörte zur Kaserne. Da kauerte sie sich mit dem Rücken gegen die Wand in den Schatten. Sie hüllte sich fest in ihre Jacke und wartete.

4. KAPITEL

Es war kühl geworden, seitdem die Sonne untergegangen war. Vom langen, unbeweglichen Sitzen war Ann ganz steif; ihre Zähne klapperten. Nach einiger Zeit schlummerte sie ein, aber plötzlich schreckte sie auf: Hammerschläge hallten durch die Stille. Im rötlichen Fackelschein wurde der Galgen gezimmert. Es dauerte nicht lange, bis er aufgerichtet war. Ann konnte den Strick vor dem Nachthimmel baumeln sehen. Sie zitterte vor Angst. Wenn ihr Plan mißglückte, mußten Tahzay und sein Vater im Morgengrauen sterben.

Die Arbeiter waren gegangen. Hinter den Barackenfenstern verlöschte ein Licht nach dem anderen. In regelmäßigen Abständen ging eine Wache über den menschenleeren Platz. Ann reckte sich und bewegte mühsam die steifen Beine. Ein Pferd schnaubte im Schlaf.

Auf einmal fuhr Ann auf. An der dunklen Gefängnisfassade, genau da, wo sich die Zelle der Gefangenen befand, war ein rötlicher Lichtschein aufgeglüht. Er breitete sich schnell aus. Ann sprang auf. Der Augenblick war da! Schon drang dichter Rauch aus dem Zellenfenster, und noch hatte keine Wache etwas bemerkt. Ann schlich zwischen den Pferden hindurch. Sie packte den Hengst des Häuptlings am Zügel und holte noch ein zweites Pferd: ein kleines schwarzweiß geschecktes Pony, das sie sich schon im Lauf des Nachmittags ausgesucht hatte.

Jetzt loderten Flammen aus dem Zellenfenster. Ann biß sich auf die Lippen. Großer Gott! Die Gefangenen konnten bei lebendigem Leib verbrennen. Das Feuer breitete sich schnell aus. Im Innern des Gebäudes schien alles in Flammen zu stehen. Plötzlich gellte ein Schrei:

«Feuer! Das Gefängnis brennt!»

Von allen Seiten kamen Soldaten herbeigestürzt, die sich hastig die Jacken zuknöpften. Sie schrien und gestikulierten. Ein paar Männer bildeten eine Kette und reichten einander Eimer mit Wasser zu. Plötzlich krachte es, und die hölzerne Wand des Gefängnisses stürzte ein. Die Soldaten ließen die Eimer fallen und brachten sich in Sicherheit. Ann zögerte keine Sekunde. Sie schwang sich auf den Rücken des gescheckten Pferdes und stieß ihm kräftig die Absätze in die Flanken; den Hengst zog sie am Zügel hinter sich her. Sie sprengte aus dem Korral und über den Platz. Seit zwei Jahren hatte sie nicht mehr auf einem Pferd gesessen. Der heftige Galopp hätte sie beinahe aus dem Sattel geworfen. Mit aller Kraft klammerte sie sich fest und trieb das Pferd an, das vor den Flammen zurückschreckte.

«Schnell! Vorwärts, du störrisches Vieh!»

Das Gefängnis brannte lichterloh. Balken stürzten krachend ein, Funken sprühten. Argua bäumte sich auf. Die Zügel schnitten in Anns Hand ein.

Da entdeckte sie Tahzay, der sich einen Weg durch den Rauch bahnte. Er hustete und hielt ein Tuch vors Gesicht.

«Tahzay! Hierher, schnell!» schrie Ann.

Hinter Tahzay tauchte der Apachenhäuptling auf. In zwei Sätzen waren die Indianer bei den Pferden. Cochise schwang sich auf den Hengst, Tahzay hinter Ann auf das gescheckte Pony. Das Mädchen wendete das Pferd und ritt in gestrecktem Galopp davon. In dem allgemeinen Durcheinander schrie jemand:

«Die Indianer fliehen!»

Ein Schuß krachte so nahe, daß Ann deutlich das Pfeifen der Kugel hörte. Sie zog den Kopf zwischen die Schultern. Ihr Pferd galoppierte davon. Sie klammerte sich auf seinem Rücken fest und hatte nur einen Gedanken: weg aus der Stadt! Von Zeit zu Zeit verlor sie das Gleichgewicht und hing bedenklich nach der einen oder anderen Seite. Sie verfluchte ihr mangelndes Reittraining. Tahzay schien ihre Unsicherheit zu spüren. Er griff nach den Zügeln und rief ein paar indianische Worte. Das Pferd schnellte vorwärts. Von jetzt an dachte Ann nur noch daran, sich festzuhalten. Sie stürmten in rasendem Tempo an Baracken und Zäunen vorbei. Bald merkte sie an dem gedämpften Hufschlag, daß sie die weite Ebene erreicht haben mußten, die Tucson umgab. Zur Rechten erstreckte sich ein felsiger Hügelzug. Dorthin lenkten die Apachen ihre Pferde. Sie wurden nicht verfolgt. Erfahrung hatte die Weißen gelehrt, daß nur Stümper fliehende Indianer verfolgen.

Es dämmerte schon. Am Himmel war jenes phosphoreszierende Leuchten, das dem Sonnenaufgang vorangeht. Jetzt galoppierten die Pferde einen steilen, steinigen Pfad hinauf. Cochise ritt voran, der weiße Hengst hob sich nur schattenhaft von dem hellen Gestein ab.

Zum erstenmal sah Ann Tahzay an. Das Gesicht des jungen Indianers war rot und geschwollen, sein Oberkörper und seine Arme mit Blasen bedeckt. Er mußte starke Schmerzen haben.

Ann lächelte zerknirscht:

«Es tut mir leid wegen der Streichhölzer. Aber es war die einzige Möglichkeit.»

«Zweimal schon hat Goldhaar Tahzay das Leben gerettet. Warum?»

«Ich weiß nicht», murmelte Ann. «Schicksal, wahrscheinlich...»

Lange ritten sie schweigend weiter. Ann kam alles seltsam unwirklich vor. Gestern noch war sie eine kleine, unscheinbare Internatsschülerin gewesen und hatte in einer Uniform gesteckt, in der sie kaum atmen konnte.

Unvermittelt hielt Cochise an. In der bläulichen Dämmerung erinnerte der Hengst an ein Standbild. Nur die spitzen Ohren und sein buschiger Schwanz bewegten sich. Auch Tahzay zügelte sein Pony. Ann wandte sich nach ihm um. Mit ausdruckslosem Gesicht lauschte er in die Stille hinaus.

Plötzlich stieß Cochise einen wilden Schrei aus, daß es Ann kalt den Rücken herunterlief. Und dann riß sie staunend die Augen auf. An den Felshängen wimmelte es von schweigenden, grauen Gestalten: Apachen! Es mußten Hunderte sein! Im fahlen Morgenlicht glitten sie von Fels zu Fels. Alle waren in voller Kriegsbemalung: zwei senkrechte Linien, rot und gelb, über Stirn und Wangen. Ann sah ihre Waffen: Gewehre, Bogen und Köcher voller Pfeile, lange Lanzen.

Cochise hob den Arm. Laut rief er ein paar Worte. Ein Mann trat vor und packte die Zügel des Hengstes. Cochise sprang ab. Verwundert sah Ann zu, wie er seinem Pferd die Nüstern streichelte und zärtlich seinen Hals rieb. Cochise war mit Brandblasen bedeckt.

Langsam kam er auf Ann zu. Tahzay hatte ihr ein Zeichen gegeben, vom Pferd zu steigen. Jetzt merkte das Mädchen erst, wie steif und zerschlagen sie am ganzen Körper war. Sie taumelte vor Müdigkeit.

Zum erstenmal konnte sie den Häuptling der Chiricahuas genau betrachten. Cochise war sehr groß. Sein Gesicht mit den hohen Backenknochen und der geraden Nase sah wild und hoheitsvoll aus. Die weit auseinanderliegenden Augen funkelten.

«Der amerikanische Kommandant,» sagte er mit seiner

tiefen, kehligen Stimme, «hat Cochise eine Botschaft geschickt. Darin stand: ‹Komm mit deinen tapfersten Kriegern zu uns. Die weiße Fahne, die auf unserem Lager weht, ist das geheiligte Zeichen des Waffenstillstandes. Wir müssen Frieden schließen, zum gemeinsamen Wohl unserer beiden Völker.› Cochise und seine Krieger kamen vertrauensvoll in die Stadt der Weißen, aber der Kommandant mit der Schlangenzunge hat sein Wort gebrochen. Er ließ seine Gäste umbringen und den Häuptling der Chiricahuas ins Gefängnis werfen!»

Beim Gedanken an diese Demütigung verzerrte sich sein Gesicht. Ann schauderte. Es mußte schlimm sein, einen solchen Mann zum Feind zu haben.

Plötzlich, ganz unerwartet für Ann, legte Cochise die Hände auf ihre Schultern.

«Mein Sohn hat mir erzählt, du habest ihm schon einmal das Leben gerettet. Wenn wir heute frei sind, haben wir das dir zu verdanken. Diese Krieger wollten im Morgengrauen die Stadt der Weißen angreifen.»

Ann erschrak. Die Indianer wollten also die Garnison von Tucson angreifen und ihren Häuptling befreien. Es wäre ihnen nicht gelungen, denn die Armee war in der Übermacht. Aber es hätte eine Schlacht gegeben, und viele Unschuldige wären dabei ums Leben gekommen. Ann schwindelte bei dem Gedanken daran.

«Meine Krieger werden nicht angreifen», fuhr Cochise ruhig fort. «Wir ziehen uns in die Berge zurück und kämpfen von dort aus weiter. Auf beiden Seiten wird viel Blut fließen. Aber du stehst unter dem Schutz des Chiricahua-Häuptlings. Nimm dieses Amulett. Du darfst dich nie von ihm trennen. Es wird dir Glück bringen, denn es ist den Apachen heilig.»

Langsam nahm er eine Kette ab, die er um den Hals trug. An der Kette hing ein schwerer, silberner Anhänger. Er war mit Türkisen besetzt, die einen Vogel mit ausgebreiteten Flügeln darstellten. Es war ein wundervoll gearbeitetes Schmuckstück.

Feierlich legte der Apache dem jungen Mädchen die Kette um den Hals. Ann neigte den Kopf und berührte den Anhänger mit den Fingerspitzen. Dann sah sie auf und lächelte.

«Du darfst sie Tag und Nacht nicht ablegen», sagte Cochise, «sonst verliert der Vogel seine Macht, Unglück abzuwenden.»

Ann nickte.

«Und jetzt sage mir, was wir für dich tun können.» Ann atmete tief.

«Ich möchte ein Pferd, Vorräte für drei Tage... und einen Führer, der mich ins Sonoitatal bringt.»

Cochise wandte sich um und gab einen Befehl. Ein Indianer führte ein braunes Pferd mit dichter Mähne am Zügel. Ein anderer brachte eine Wasserflasche aus Ziegenfell und einen kleinen ledernen Beutel mit Maiskörnern und getrocknetem Fleisch.

«Hier ist ein ruhiges Pferd, und hier sind Lebensmittel», sagte Cochise. Dann blickte er Tahzay an, der dem Gespräch schweigend zugehört hatte.

«Mein Sohn wird dich führen, wohin du willst.»

«Manchmal glaube ich zu träumen», sagte Ann. «Ich muß mich in den Arm kneifen, um sicher zu sein, daß ich wach bin.»

Sie sah Tahzay lachend an. Der Junge lächelte. Er war nicht gesprächig. Wenn er einmal etwas sagte, dann tat er es bescheiden, zurückhaltend. «Er ist viel besser erzogen als die meisten weißen Jungen», stellte Ann fest. «Die reden immerzu, auch wenn sie nichts zu sagen haben.»

Tahzay hatte früh gelernt, daß Schweigen oft besser ist als die schönsten Reden. Man hatte ihm beigebracht, seine Eltern zu achten und ihnen zu gehorchen, aufrichtig und mutig zu sein. Als künftiger Häuptling des Stammes war er einer harten Disziplin unterworfen. Mut allein genügte nicht; sein Volk erwartete von ihm ein klares, sicheres Urteil und Verantwortungsgefühl. Eine schwere Bürde für einen sechzehnjährigen Jungen! Ann wußte, daß der Sohn eines Apachenhäuptlings, auch wenn sein Vater ihn zum Nachfolger bestimmt hatte, durch einen anderen ersetzt werden konnte, wenn sein Volk glaubte, er sei nicht tapfer und weise genug, um es zu führen.

Es war vormittag. Ann hatte ein paar Stunden geschlafen und fühlte sich ausgeruht und frisch. Glücklich ritt sie hinter Tahzay her. Die neue Freiheit berauschte sie. Sie hatte so lange darauf verzichten müssen!

«Bei der Erziehung, die man als Mädchen erhält, muß es ja so kommen», dachte sie. «Man wird dazu verurteilt, entweder gleichgültig und langweilig oder hochmütig zu werden. Zwei Jahre lang habe ich mich dem Zwang der sogenannten guten Sitten gebeugt. Jetzt ist Schluß damit! Mein Leben gehört mir, und ich kann damit machen, was ich will!...»

Zerstreut tätschelte sie den Hals ihres Pferdes. Eines Tages werde ich zu Tante Adele zurückkehren und sie um Verzeihung bitten. Vielleicht wird sie mich verstehen.

Ann seufzte. Nein, Tante Adele würde nie verstehen, weshalb sie davongelaufen war und einem Indianer, den alle für einen Verbrecher hielten, zur Flucht verholfen hatte. Und erst recht nicht, daß sie einem jungen Mann ohne Namen und ohne Vermögen nachlief, der nie den Ehrgeiz gehabt hatte, einer ehrbaren bürgerlichen Familie anzugehören...

Plötzlich bekam sie Angst. In welches Abenteuer hatte sie sich da eingelassen. Würde Chee nicht denken, sie laufe ihm nach? Ihr war immer eingetrichtert worden, das sei das Dümmste, was ein junges Mädchen tun könne.

Ann fuhr sich nervös mit der Zunge über die Lippen.

«Tahzay», sagte sie leise. «Was wird Chee wohl sagen?»

Tahzay warf ihr einen raschen Blick zu.

«Chee wird sehr glücklich sein. Er hat Goldhaar nicht vergessen.»

«Meinst du?» fragte Ann unsicher. «Es ist so lange her...»

Tahzay schüttelte den Kopf.

«Das hat nichts zu bedeuten. Wenn ein Apache sein Herz verschenkt, ist es für immer. Ein Apache vergißt nie.»

Ann wurde rot und gab ihrem Pferd die Sporen, damit Tahzay es nicht sah.

Stundenlang ritten sie in gemächlichem Trab mit hängenden Zügeln, un die Pferde zu schonen. So weit man sehen konnte, erstreckte sich eine öde Felslandschaft. Hier und dort wuchs Dornengestrüpp zwischen dem Geröll, standen ein paar kleine Bäume mit hellen Blättern, in deren Zweigen Schwärme von kreischenden Vögeln saßen.

Wie eine rote Kugel ging die Sonne unter, dann wurde es dunkel. Ann und Tahzay machten Rast. Während sie zusammen am Lagerfeuer saßen, lauschte Ann dem fernen Gekläff der Koyoten. Aus dem Gebüsch klang heiseres Krächzen und am dunklen Himmel segelte ein Käuzchen vorbei. Ann lächelte. Diese Geräusche, vor denen sie sich früher so gefürchtet hatte, waren ihr jetzt seltsam vertraut.

Sie wollte sich mit Tahzay in der Wache abwechseln, aber Tahzay ließ es nicht zu. Er hatte die Verantwortung für sie übernommen, und er würde sich um alles kümmern. In ihre Jacke gehüllt, schlief Ann tief und fest. Tahzay schlummerte nur leicht, bereit, auf jedes Anzeichen von Gefahr zu reagieren, wie es ihn die Stammesältesten gelehrt hatten.

Im Morgengrauen machten sie sich wieder auf den Weg. Sie ritten der Sonne nach. Bald wurde es sehr heiß. Die Luft flimmerte. Nach und nach veränderte sich die Landschaft. Die Hügelflanken waren mit dichten Kiefern- und Birkenwäldern bewachsen.

In vollen Zügen atmete Ann die Luft ein. Es duftete

nach Harz und wilder Pfefferminze. Jetzt, da sie ihre gestärkten Röcke und steifen Kragen los war, wurde sie wieder lebhaft und beweglich. Die Sonne bräunte ihre Wangen und tupfte ein paar Sommersprossen auf ihre Nase. Ann fühlte sich wie neugeboren.

So verging ein weiterer Tag und eine zweite Nacht. Im Morgengrauen des dritten Tages kamen sie an einen imposanten Gebirgszug. Tahzay ritt in gleichmäßigem Trab, ohne zu zögern, voran. Er führte Ann auf geheimen Pfaden, die nur die Indianer kennen. Sie durchquerten schattige Schluchten, ritten an Abgründen entlang und über windgepeitschte, mit Kakteen bewachsene Hochebenen.

Gegen Mittag kamen sie durch einen tiefen, schattigen Felseinschnitt. Ann horchte auf. Das hörte sich an wie ein Wasserfall. Plötzlich sah sie den Bergbach. Glitzernd und schäumend sprang das Wasser von Fels zu Fels.

«Die Sonoita», sagte Tahzay.

«Wie schön!» rief Ann bewundernd.

Sie machten einen kurzen Halt, um die Pferde zu tränken. Dann stiegen sie wieder auf und folgten dem Bach. Tahzay ritt voraus. Plötzlich blieb er stehen. Ann holte ihn ein und schrie überrascht auf.

Sie befanden sich auf einem Felsvorsprung, von dem aus man eine weite, lila-golden getönte Ebene überblickte. Zwischen Weiden und Maisfeldern duckte sich ein Dorf um eine gedrungene Kirche.

Tahzay streckte den Arm aus.

«Das Sonoitatal. Das Dorf dort ist Tubac. Weiter hinten beginnt die Wüste von Mexico.»

Er sah das Mädchen an.

«Weiter komme ich nicht.»

Ann war an die Art der Indianer gewöhnt und fragte nicht nach Gründen.

«Leb wohl Tahzay!» sagte sie. «Ob wir uns wohl wiedersehen?»

Der Apache lächelte.

«Freunde finden sich immer wieder. Der große Geist möge dich schützen.»

Ann winkte zum Abschied. Sie trieb ihr Pferd den steilen Pfad hinunter ins Tal. Tahzay sah ihr noch eine Weile nach. Dann wendete er sein Pferd und verschwand zwischen den Felsen.

Jetzt war Ann ganz auf sich gestellt, und plötzlich kam sie sich sehr verlassen vor. Wenn sie nun Chee nicht fand? Vielleicht war er gar nicht mehr im Sonoitatal? Und sie hatte die ganze Reise umsonst gemacht...

Sie biß die Zähne zusammen. Es war dumm, so kurz vor dem Ziel und sich Sorgen zu machen. Wenn es Schwierigkeiten gab, war es immer noch früh genug, sich damit auseinanderzusetzen.»

Energisch trieb sie ihr Pferd vorwärts, das auf dem steilen Pfad keuchte und schnaubte. Hin und wieder löste sich ein Stein unter seinen Hufen und polterte den Hang hinunter.

Unten im Tal schlängelte sich ein Weg zwischen Mais- und Kartoffelfeldern durch. Es schien eine fruchtbare Gegend zu sein. Als Ann zu den ersten Häusern kam, trug ihr der Wind das schwache Bimmeln einer Glocke entgegen. Im Trab durchquerte sie die staubigen, von

Lehmhäusern gesäumten Sträßchen. Sie kam an mexikanischen Landarbeitern vorbei, alle waren weißgekleidet und den Frauen hingen lange Zöpfe den Rücken hinunter. Die Amerikaner, die in Gruppen auf der Straße herumstanden, sahen nicht vertrauenerweckend aus. An den Anblick der bärtigen, lärmenden Cowboys war Ann ja schon gewöhnt, nicht aber an die schwerbewaffneten, zweifelhaften Gestalten, die mit unbeweglichem Gesicht vor dem Saloon herumlungerten. Ann bekam Angst. Schnell zog sie den Hut bis über die Augen. Wenn sie nur nicht belästigt wurde! «Wo kommen nur all diese Gauner her?» dachte sie entsetzt. «Es sieht ja fast so aus, als hätten sie sich hier verabredet...»

Ein undefinierbares Unbehagen lag über dem Ort. Ann spürte das an tausend Kleinigkeiten. Angst saß in den Augen der Mexikaner, die das Mädchen mit einem Blick streiften und dann schnell wieder wegsahen.

«Irgendetwas braut sich hier zusammen», dachte Ann und fröstelte unwillkürlich. «Wenn ich doch nur schon bei Chee wäre! Ich muß mich erkundigen, wo ich ihn finde. Aber bei wem? Ich kann unmöglich einen von diesen Kerlen ansprechen!»

Vor einer Bretterhütte saß ein alter Mann in seinem Schaukelstuhl. Sein Gesicht war mißmutig und unzufrieden. Er gehörte zu jenen alten Leuten, die alles sehen, alles wissen, jeden kennen. Kurzentschlossen sprang Ann vom Pferd und ging auf den Alten zu.

«Tag Mister!» sagte sie großspurig. «Ich suche einen jungen Mann namens Chee Williams. Er soll auf einer Ranch hier in der Gegend Pferde abrichten.»

Der alte Mann hörte auf zu schaukeln und schob die Pfeife in den anderen Mundwinkel.

«Chee Williams?» brummte er. «Den Namen habe ich schon mal gehört... Ist das nicht der Rote, der bei den Rolands arbeitet?»

«Das muß er sein! Können Sie mir sagen, wie ich dorthin komme?»

Der Alte schien sie nicht gehört zu haben.

«Ja, diese Rolands», brummte er. «Immer müssen sie alles anders machen als andere Leute. Das werden sie noch teuer bezahlen.»

Mit der Pfeife wies er Ann die Richtung.

«Dort, Kleiner. Es ist der erste Hof, wenn man aus dem Dorf kommt. Gleich hinter den Ruinen der Mission. Rundherum ist ein großer Korral. Du kannst ihn nicht verfehlen.»

«Danke Mister!» rief Ann begeistert. Sie wollte sich gerade in den Sattel schwingen, als sie der Alte zurückhielt.

«Augenblick, Kleiner! Wie kommst du überhaupt dazu, auf einem Indianerpony zu reiten?»

Ann sah in das mürrische Gesicht mit den mißtrauisch zusammengekniffenen Augen. «Schon wieder einer, der die Indianer nicht mag», dachte sie traurig.

«Ich habe es gestohlen», sagte sie, gab ihrem Pferd die Sporen und galoppierte in einer Staubwolke davon.

Der Alte hatte ihr den richtigen Weg gewiesen. Bald sah sie auf einem niedrigen, mit Agaven bewachsenen Hügel die Ruinen der Mission.

Sie ritt um den Hügel herum und entdeckte am Ende

der Straße die Ranch. Es war ein stattlicher Holzbau mit vielen Ställen und Nebengebäuden. Auf den Weiden rundherum grasten Pferde. Da waren derbe Zugtiere, kräftige, struppige Ponys, aber auch rassige Rennpferde mit schlanken Hälsen.

«Eine Pferdezucht! Großartig!» dachte Ann. Sie ritt unter dem hölzernen Torbogen durch, in den der Name des Gutes eingebrannt war: «Zum Steigbügel». Vor dem Haus saßen zwei junge Burschen rittlings auf dem Zaun und beobachteten fasziniert, wie ein junges Pferd zugeritten wurde. Es war ein hellbrauner «Palomino» mit herrlich gebogenem Hals und stolzem Nacken. Bockend und schlagend versuchte er, seinen Reiter abzuwerfen. Als Ann näher kam, sah sie, daß es eine Frau war. Sie war nicht mehr ganz jung und etwas untersetzt. Schwarzes Haar mit einzelnen grauen Strähnen hing ihr ins Gesicht. Sie trug einen Hosenrock und goldbeschlagene, mexikanische Stiefel. Mit ungewöhnlicher Kraft und Anmut zwang sie dem widerspenstigen Pferd ihren Willen auf. Der Palomino tänzelte auf der Stelle, schlug heftig aus, bäumte sich auf und schnaubte vor Wut. Kerzengerade saß die Frau in dem spanischen Sattel und lachte nur.

«Ruhig, Diamant, ruhig!...»

Jetzt wandte einer der Burschen den Kopf, sah Ann und sprang mit einem Satz vom Zaun. Er war vielleicht zwanzig Jahre alt, schlank und groß. Er hatte dichtes blondes Haar, sein sonngebräuntes Gesicht wirkte offen und sympathisch.

«Hallo! Guten Tag!» sagte er. «Willkommen auf der Farm. Möchtest du etwas essen?»

Er lächelte breit und betrachtete sie neugierig. Nach all den abweisenden Gesichtern in der Stadt war Ann doppelt dankbar für den freundlichen Empfang. Sie sprang vom Pferd und nahm den Hut ab. Ihr Haar fiel auf die Schultern herab und umrahmte ihr müdes Gesicht.

«Ein Mädchen!» rief der junge Mann verblüfft. «Bitte entschuldigen Sie, Fräulein! Aber wie zum Teufel sollte ich das wissen... Was kann ich für Sie tun?»

«Ich suche einen jungen Mann: Chee Williams», begann Ann. Nur mit Mühe gelang es ihr, ruhig zu sprechen. «Mir wurde gesagt, er...»

«Chee Williams?»

Als Ann nickte, lachte der junge Mann noch mehr.

«Sie wollen mir doch nicht erzählen, Sie seien seine Schwester, oder?»

«Ich...» stotterte Ann.

Der Junge ließ sie nicht ausreden, sondern hielt beide Hände vor den Mund und schrie zum Haus hinüber:

«Chee, du wirst verlangt.»

Die Tür ging auf, und Chee kam heraus, einen Eimer in jeder Hand. Als erstes fiel Ann auf, daß er sein Haar geschnitten hatte und größer war als in ihrer Erinnerung. Er trug eine Drillichhose, ein buntes Hemd und weiche Lederstiefel. Er blinzelte in die Sonne.

«Chee!» wiederholte der junge Mann, »du hast Besuch. Sehr hübschen Besuch!»

Chee stellte langsam den Eimer ab und ging auf Ann zu. Sie stand unbeweglich da; selbst wenn sie es gewollt hätte: sie hätte keinen Schritt tun können. Chee starrte sie ungläubig an. Er war jetzt ganz nahe bei ihr, aber er sagte immer noch nichts. Ann lächelte verlegen.

«Guten Tag, Chee», sagte sie unsicher, «ich... wie geht es dir?»

«Ann...», flüsterte Chee.

«Nein, ich... ich konnte es nicht mehr aushalten ohne dich. Ich habe Tahzay wiedergesehen. Er hat mich hierhergebracht.»

«Ist Tahzay hier?» fragte Chee.

«Nein, er wollte nicht mit ins Dorf kommen.»

«Das war klug von ihm», sagte Chee leise.

Er strich mit der Hand über die Stirn.

«Wirklich Ann, das ist unglaublich! Ich kann es noch gar nicht fassen... Mir ist, als hätte ich zwei Jahre lang geschlafen. Du kannst dir nicht vorstellen...»

Ein Hüsteln ließ sich hinter ihnen vernehmen. Sie drehten sich um.

«Entschuldigt», sagte der blonde Bursche halb spöttisch halb gerührt, «wenn ihr fertig seid, könntet ihr mir vielleicht erklären...»

Chee legte dem Mädchen den Arm um die Schultern.

«Ann, das ist Peter Roland, mein bester Freund.»

«Wenn ich dein bester Freund wäre, hättest du mir schon lange von... von dieser jungen Dame erzählt!» meinte der andere vorwurfsvoll.

«Das konnte ich nicht», antwortete Chee ernst. «Ganz ehrlich, selbst mit meinem besten Freund hätte ich nicht darüber sprechen können.»

«Mir ist es genauso ergangen», sagte Ann.

«Tatsachlich?», spottete Peter. «Faule Ausreden.» Er

drehte ihnen den Rücken zu und schlenderte pfeifend davon. Ann sah Chee verblüfft an.

«Ist er böse?»

«Nein, er tut nur so. Er ist ein prächtiger Kerl. Die Dame, die gerade das Pferd zureitet, ist seine Mutter, eine ganz außergewöhnliche Frau.»

Sie sahen einander an, lachend, zögernd.

«Du hast dich verändert», sagte Ann schließlich.

Die Züge des Jungen waren ausgeprägter, härter geworden. Aber er hatte immer noch die hohen Backenknochen und die grünlichen Augen, die so ungewöhnlich wirkten in seinem braunen Gesicht.

«Auch du bist anders geworden», meinte Chee. «Als ich dich kennenlernte, warst du ein kleines Mädchen...»

«Das hast du damals immer gesagt, und ich habe mich fürchterlich darüber geärgert», sagte Ann.

Dann wurde sie wieder ernst.

«Zwei Jahre! Wir haben uns viel zu erzählen...!»

«Wo hast du Tahzay wiedergetroffen?» wollte Chee wissen.

Ann sah ihn ernst an.

«Ich habe ihn aus dem Gefängnis befreit.»

«Aus dem Gefängnis?»

Dann sah Chee das Amulett mit den Türkisen.

«Du trägst den Schmuck des Apachenhäuptlings?» fragte er erstaunt. «Wer hat ihn dir gegeben?»

Ann kam nicht mehr zum Antworten. Frau Roland hatte einem Stallburschen die Zügel des Palomino zugeworfen und kam auf die jungen Leute zu. Sie reichte

Ann nur bis zum Kinn, aber sie wirkte außerordentlich kräftig und robust.

Chee nahm Ann bei der Hand.

«Frau Roland, das ist Ann Morisson. Wir sind... alte Freunde.»

«Ja, das sehe ich.» Sie gab Ann die Hand und drückte so fest zu, daß Ann vor Schmerz beinahe aufgeschrien hätte.

«Willkommen bei uns! Hast du Verwandte im Dorf? Nein? Dann kannst du hier wohnen. Komm, ich zeige dir dein Zimmer!» Sie drehte sich auf dem Absatz um. Ann sah Chee fragend an. Er hatte schon ihre Sachen vom Sattel losgebunden und auf seine Schultern geladen.

«Keine Sorge», sagte er lächelnd, «bei Frau Roland bist du gut aufgehoben.»

Der zweite junge Bursche, der vorhin auf dem Zaun gesessen hatte, kam – sichtlich widerwillig – auf sie zu. Es war ein schlacksiger, etwa sechzehnjähriger Junge mit sommersprossigem Gesicht. Er sagte nichts und lächelte so breit, daß man kaum seine Augen sah. Chee zauste freundschaftlich seine strohblonde Mähne.

«Das ist Jakob, Peters Bruder. Er sagt sehr wenig, weil er so viel nachdenken muß, nicht wahr, Jakob?»

«Hmm!» brummte der Junge und scharrte verlegen mit den Füßen.

Ann mußte lachen. Das waren wirklich sympathische Leute.

Das Zimmer lag direkt unter dem Dach und war nur mit dem Nötigsten eingerichtet: ein eisernes Bett, eine wacklige Kommode. Ann warf ihre Sachen aufs Bett, setzte sich und stieß einen tiefen Seufzer aus. Sie war entsetzlich müde! Ihr ganzer Körper schmerzte.

Frau Roland bemerkte es sofort.

«Du bist ja ganz erschöpft. Ruh dich erst einmal richtig aus! Wir haben später noch Zeit, Bekanntschaft zu schließen.»

«Sie sind sehr nett, Frau Roland», sagte Ann.

Die Frau lächelte.

«Bei den Rolands werden keine Geschichten gemacht», antwortete sie. «Jeder soll sich wie zuhause fühlen.»

Sie bückte sich und half Ann, ihre Stiefel auszuziehen. Dann ließ sie Ann allein. Sie streckte sich auf dem Bett aus und versuchte sich klarzumachen, daß sie Chee wiedergefunden hatte. Aber sie war so erschöpft, daß sie nach wenigen Minuten einschlief.

6. KAPITEL

Ann erwachte erst gegen Abend. Die Sonne ging hinter den Bergen unter und füllte das Zimmer mit rötlichem Licht. Mit einem Satz sprang sie auf und zog sich an. Auf der Kommode stand eine Waschschüssel und ein Krug Wasser. Ann wusch sich hastig und kämmte ihr Haar. Dann ging sie aus dem Zimmer und die dunkle, steile Treppe hinunter, die ins Erdgeschoß führte. Beinahe wäre sie über jemanden gestolpert, der unbeweglich auf den Stufen saß. Aus dem Halbdunkel hörte sie Chee sagen:

«Ich bin es Ann.»

«Was machst du denn da?» flüsterte das Mädchen. Sie kauerte sich neben Chee nieder. Schweigend saßen sie eine Zeitlang nebeneinander, überglücklich, daß sie wieder zusammen waren. Dann fragte Ann:

«Wartest du schon lange auf mich?»

«Ich weiß nicht. Ich habe nicht darauf geachtet. Ich bin so glücklich, daß du da bist.»

«Was hast du gemacht, nachdem wir uns in Mesilla Lebewohl gesagt haben?» fragte Ann.

Chee sah sie nicht an. Stockend begann er zu erzählen:

«Ich bin in die Wüste zurückgekehrt. Den ganzen Sommer habe ich dort alleine mit Kiuw gelebt. Ich konnte einfach niemanden um mich haben, ob es nun Weiße waren oder Indianer... Zu Anfang des Winters bin ich dann doch zum Apachenlager geritten. Es schneite. In der Dämmerung sah ich das Dorf, am Berghang geduckt wie ein Maulwurfshügel; es kam mir seltsam fremd vor. Meine Mutter hatte sich große Sorgen um mich gemacht. Du kannst dir vorstellen, wie sie sich gefreut hat, als ich wiederkam. Doch sie ist eine kluge Frau. Sie merkte bald, was mit mir los war. Eines Tages sagte sie zu mir: ‹Du mußt dich entscheiden, Chee. Willst du wie ein Weißer leben oder wie ein Indianer?› Ich antwortete: ‹Mutter, die Apachen sind zum Untergang verurteilt. Ihre Lebensweise gehört der Vergangenheit an. Die Weißen sind stärker. Sie werden euch ihre Lebensweise aufzwingen und euch töten, wenn ihr Widerstand leistet.› Sie hat eine Weile nachgedacht und schließlich gesagt: ‹Ich weiß, Chee. Aber du bist jung und hast dich für das Leben entschieden. So geh! Kehre zum Volk deines Vaters zurück.›

‹Und du, Mutter?› habe ich gefragt. Sie hat mich angelächelt: ‹Ich bleibe bei den Meinen.›»

Er hielt inne. Ann schwieg. Seine Stimme, die sie nicht hatte vergessen können, nahm sie erneut gefangen.

Nach einer Weile fuhr Chee fort:

«Nun mußte ich noch von Nah-lin Abschied nehmen. Ich ging in ihre Hütte. Sie hatte sich in ein Fuchsfell gehüllt, und ich sehe ihre Augen heute noch vor mir. Sie sagte: ‹Du bist wie der Herbststurm. Wann wirst du endlich Ruhe finden?› Ich versuchte ihr zu erklären, weshalb ich fortging. Sie hörte mir schweigend zu und wandte sich dann ab. ‹Wenn du nur einmal zu mir gesagt hättest: Komm mit! – Ich wäre dir mit Freuden gefolgt.› Ich bat sie, mich zu vergessen. Später fragte sie mich, ob ich immer noch an dich dächte...»

«Und was hast du geantwortet?» flüsterte Ann, als er zögerte.

«Ich habe gesagt: immer! Dann bin ich gegangen. Es hatte aufgehört zu schneien und die Sonne drang durch die Wolken. Ich habe Kiuw gesattelt und bin davongeritten.»

«Und dann?»

«Ich bin zu den Weißen zurückgekehrt und habe wieder begonnen, die Wagenzüge der Händler und Auswanderer durch die Wüste zu führen. Eines Tages, als ich einen Konvoi durch das Apachengebiet begleitete, wurden wir von Cochises Leuten angegriffen. Die Reisenden wurden gefangengenommen, ich wurde vor den Häuptling gebracht. Ich glaubte, sie wollten mich töten, aber er hat mich nur gewarnt: ‹Wir sind im Krieg mit den

Weißen, und du wagst es, ihre Wagenzüge durch unser Gebiet zu führen! Ich lasse dich noch einmal laufen, weil du der Freund meines Sohnes bist. Aber nimm dich in acht: wenn ich dich wieder an der Spitze eines Konvois erwische, muß ich dich töten!›

Damit war meine Tätigkeit als Führer beendigt. Eine Zeitlang arbeitete ich bei der Armee als Dolmetscher, aber dieses Leben sagte mir nicht zu, und ich gab meine Stelle wieder auf. In Phoenix lernte ich Peter kennen. Ich habe ihm aus der Patsche geholfen, als er vom Pöbel bedroht wurde, weil er einen Neger in Schutz nahm. So ist Peter: er kann keine Ungerechtigkeit ertragen. Wir sind schnell Freunde geworden, und Peter hat mich zu sich nach Hause eingeladen. Peter und sein Bruder sind in Arizona geboren, aber ihre Familie stammt aus der Schweiz. Seit dem Tod ihres Mannes leitet Frau Roland die Pferdezucht ganz allein. Sie hat mir angeboten, zu bleiben und beim Zureiten der jungen Pferde zu helfen. Ich kenne mich mit Pferden ein wenig aus, und so habe ich angenommen. Die Rolands sind meine zweite Familie geworden. Sie haben mir geholfen, ein neues Leben anzufangen.»

Er sah Ann lächelnd an.

«Jetzt weißt du alles. Nun bist du an der Reihe!»

«Von mir gibt's nicht viel zu erzählen», sagte Ann. Mit wenigen Worten schilderte sie ihr Leben im Internat, ihre Traurigkeit und Langeweile. Sie wurde erst lebhaft, als sie erzählte, wie sie Tahzay begegnet war und wie sie die gefangenen Apachen befreit hatte. Chee sah sie staunend und voller Bewunderung an:

«Ann, du bist unglaublich! Kaum ein Mann hätte den Mut gehabt, so etwas zu wagen.»

Er nahm den Türkisvogel in die Hand und betrachtete ihn ehrfürchtig. Dann meinte er traurig:

«Man lockt die Indianer wie Füchse in die Falle. Aber es ist ein tapferes Volk mit einer großen Vergangenheit. Niemand weiß, wie alt dieses Schmuckstück ist. Vielleicht stammt es aus dem alten Mexikaner-Reich, das die Spanier zerstört haben.»

«Cochise sagte mir, es schütze vor Unglück», sagte Ann.

«Wer weiß?» meinte Chee lächelnd. «Aber was vor allem zählt, ist Cochises Schutz und seine Hochachtung für dich.»

Er sah zu Boden und sagte so leise, daß Ann sich vorbeugen mußte, um ihn zu verstehen:

«Ich habe immer an dich gedacht. Oft wollte ich nach Tucson reiten und dich holen, ganz gleich, was deine Tante dazu sagen würde. Aber ich war feige, ich habe es nicht gewagt. Du hast mir gezeigt, was Mut ist. Das werde ich nie vergessen.»

«Chee», flüsterte Ann, «wir werden uns nie mehr trennen, nicht wahr?»

Eine Weile hörte sie nur seinen Atem, dann sagte er leise:

«Nein.»

Er erhob sich, reichte Ann die Hand und half ihr beim Aufstehen.

«Komm! Die Rolands warten auf uns.»

Der große Raum am Ende der Treppe war zugleich Küche und Eßzimmer. Frau Roland stand mit aufgekrempelten Ärmeln am Herd und rührte in einem riesigen Kochtopf. Jakob, der jüngere Sohn, deckte den Tisch. Peter kauerte schimpfend vor dem qualmenden Feuer. Als die beiden hereinkamen, hob er den Kopf.

«Chee, du bist der einzige, der ein vernünftiges Feuer zustandebringt. Komm, hilf mir ein bißchen!»

Während Chee geduldig ein Scheit nach dem anderen in die Flammen warf, fragte Ann Frau Roland, ob sie ihr helfen könne.

«Du kannst die Suppe in die Schüssel füllen», sagte Frau Roland und wies auf eine große Suppenterrine.

Kurz darauf waren alle um den Tisch versammelt. Die jungen Leute standen mit gesenktem Kopf, während Frau Roland ein Gebet sprach. Dann gab es ein großes Stühlerücken und alle setzten sich hin.

«Und jetzt», sagte Frau Roland zwischen zwei Löffeln zu Ann, «jetzt wollen wir deine Geschichte hören.»

Ann blickte Chee fragend an. Er lächelte ihr aufmunternd zu.

«Nun...» begann sie, «ich war gerade siebzehn und fuhr zum erstenmal durch Arizona...»

Abwechselnd erzählten Ann und Chee ihre Abenteuer. Peter und Jakob hörten so gespannt zu, daß sie zu essen vergaßen. Nur Frau Roland ließ sich die Suppe schmekken. Von Zeit zu Zeit mahnte sie:

«So eßt doch. Sonst wird alles kalt.»

Aber als Ann erzählte, wie sie auf dem Bahnsteig auseinandergegangen waren und ein letztesmal versucht hatten, ein paar Worte miteinander zu wechseln, schob Frau Roland mit einem Ruck ihren Teller beiseite.

«Und ihr habt euch einfach so getrennt?»

«Es blieb uns nichts anderes übrig», antwortete Chee.

Frau Roland schüttelte den Kopf.

«Da komme ich nicht mehr mit, Kinder! Was seid ihr beide für Dummköpfe!»

Verblüfft starrte Ann die Frau an.

«Ja aber...» stammelte sie.

Frau Roland beachtete sie gar nicht, sondern sagte heftig zu Chee:

«Wenn man ein Mädchen liebt, dann läßt man es nicht fortgehen. Man heiratet es.»

Chee wurde rot.

«Ich... Sie müssen uns verstehen, Frau Roland. Ich hatte keinen Beruf, nicht einmal ein Dach über dem Kopf. Und Sie wissen, wie sehr man hier Mischlinge verachtet.»

«Jetzt fängt er schon wieder damit an!» seufzte Frau Roland. «Als wir diesen jungen Mann bei uns aufnahmen, schleppte er alle möglichen unausgegorenen Komplexe mit sich herum. Nach und nach ist es uns gelungen, einen halbwegs normalen Menschen aus ihm zu machen, und jetzt...»

Sie drohte Chee mit dem Finger.

«Wann wirst du endlich lernen, stolz auf deine beiden Rassen zu sein.»

Chee schien nur mit halbem Ohr zuzuhören. Er hatte den Kopf zum Fenster gewandt und lauschte.

«Ist etwas?» fragte Peter.

«Ja, da kommt jemand.»

«Ich höre nichts», erwiderte Peter verblüfft.

«Es ist doch wirklich praktisch, einen Indianer in der

Familie zu haben!» meinte Frau Roland. Sie stand auf, nahm die Petroleumlampe vom Tisch und ging zur Türe. Jetzt hörte Ann gedämpfte Hufschläge. Es schienen ziemlich viele Reiter zu sein. Ann sah, wie Peter und Chee einen Blick wechselten und wie Peter dann ein Gewehr holte.

Frau Roland hatte die Tür geöffnet. Sie hob die Lampe, das Licht flackerte im Wind.

«Hallo! Ist da jemand?»

Eine Weile rührte sich nichts, dann antwortete eine heisere, schleppende Stimme.

«N'Abend Madam! Können wir unseren Pferden Wasser geben?»

Chee war neben Ann geschlüpft und flüsterte ihr zu:

«Das ist Marvin mit seiner Bande... es wird Ärger geben! Sie versuchen schon lange, Streit mit uns anzufangen.»

«Ihr wißt, wo der Brunnen ist», sagte Frau Roland.

«Das Tor ist verschlossen», erwiderte die Stimme.

«Jakob, mache das Tor auf», befahl Frau Roland ruhig.

Der Junge ging schweigend hinaus und verschwand in der Dunkelheit. Chee stellte sich in den Schatten hinter Frau Roland. Sie flüsterte ihm zu:

«Wir müssen auf der Hut sein!... Es ist die ganze Bande.»

Man hörte das Getrappel der Pferde, die sich um den Brunnen drängten. Ein Mann stieg vom Pferd und kam zum Haus. Die Lampe beleuchtete ein grobkantiges Gesicht. Der Mann war teuer, aber geschmacklos gekleidet: ein Anzug aus gestreiftem Tuch mit passender Weste, um die Taille ein weißer Seidengürtel mit goldenen Schnallen, in dem zwei mit Perlmutt eingelegte Pistolen steckten. Übertrieben höflich lüftete er den Hut.

«Schöner Abend heute, Frau Roland, nur ein bißchen kühl für die Jahreszeit. Sie haben ein schönes Feuer gemacht. Darf man hereinkommen und sich die Hände wärmen?»

«Um diese Zeit empfange ich keinen Besuch mehr», antwortete Frau Roland trocken.

Der Mann grinste.

«Mißtrauisch, was?... Schade. Ich wollte geschäftlich mit Ihnen reden. Ihr Besitz ist eine schöne Stange Geld wert. Ich biete Ihnen den doppelten Betrag in amerikanischen Dollars. Wollen Sie sich das Angebot nicht überlegen, Frau Roland?»

«Marvin, ich habe Ihnen schon einmal gesagt, daß die Ranch nicht zu verkaufen ist», erwiderte Frau Roland ungeduldig. «Begreifen Sie das doch endlich.»

Marvin machte eine spöttische Verbeugung.

«Meine liebe Frau Roland, Sie verkennen meine Feinfühligkeit. Sie hängen an der Ranch, weil Ihr Mann sie gegründet hat. Ich bin der erste, der das zu respektieren weiß.»

Sein Blick schweifte über das Haus und die Stallungen.

«Eine schöne Farm haben Sie, das muß man sagen. Ganz prächtig! Wieviel Pferde besitzen Sie eigentlich?»

«Sie können sie zählen, wenn es Ihnen Spaß macht!» erwiderte Frau Roland.

Ein zweiter Kerl stellte sich leise hinter Marvin. Er hatte eingefallene Wangen und einen schiefen Mund.

Dann kam noch ein Rothaariger mit krummen Beinen. Die anderen blieben im Dunkeln verborgen, aber man spürte ihre Anwesenheit.

«Sie können gut Pferde zureiten, nicht wahr?» sagte Marvin lauernd. «Sie haben zwei Söhne, die genauso begabt sind wie Sie. Und einen Indianer, von dem es heißt, daß er den störrischsten Bronco lammfromm macht. Weshalb mögen Sie die Indianer, Frau Roland?»

«Sind Sie bald fertig?» fragte die Frau und schickte sich an, ihm die Tür vor der Nase zuzuschlagen.

«Nur noch einen Augenblick. Wir haben doch Zeit, ein wenig zu plaudern. Es gefällt Ihnen hier, und Sie möchten gerne bleiben. Dann müssen Sie sich unseren Bräuchen anpassen. Wir mögen die Indianer nicht.»

«Das interessiert mich nicht!» antwortete Frau Roland, und aus ihrer Stimme war auch nicht die leiseste Angst herauszuhören. «Rufen Sie Ihre Leute und verlassen Sie mein Gut!»

«Sie werden Ihren Eigensinn noch bereuen», sagte Marvin sanft. Jetzt waren noch mehr Männer aus dem Dunkel aufgetaucht und drängten sich um ihren Anführer. Es waren mindestens zehn, alle mit Colts und Gewehren bewaffnet. Ann biß sich auf die Lippen. Die wollten bestimmt die Farm angreifen...

Sie sah, wie Peters Finger am Abzug seines Gewehrs zuckte.

«Nicht schießen», flüsterte Chee.

In diesem Augenblick wollte Jakob, der das Tor aufgemacht hatte, an den Eindringlingen vorbei ins Haus zurück. Marvin packte ihn am Kragen.

«Nicht so schnell, Kleiner! Fürchtest du dich vor Papa Marvin?»

Jakob rührte sich nicht.

«Lassen Sie meinen Sohn los», sagte Frau Roland immer noch ruhig.

Marvin tat, als höre er nicht. Er beugte sich hinab, bis sein Gesicht fast das des Jungen berührte.

«Na, Kleiner», fragte er grinsend. «Magst du die Indianer auch?»

Ein Junge von sechzehn Jahren hat seinen Stolz. Jakob schätzte es gar nicht, vor den Augen seiner Mutter so gedemütigt zu werden. Er zog eine verächtliche Grimasse und landete seine geballte Faust auf der Nase des Gauners. Das kam unerwartet für Marvin, er schrie überrascht auf und wich zurück. Jakob bückte sich und wollte an ihm vorbeischlüpfen, aber der Rothaarige war schneller und trat ihm in den Weg.

«Du kleiner Dreckskerl!» knirschte Marvin.

Mit einem Faustschlag schleuderte er den Jungen zu Boden. Ann preßte die Hände vor den Mund. Sie sah, wie Frau Roland mit energischen Schritten auf die Männer zuging. Marvins Finger tasteten nach seinem Colt. Ann hörte ein leises Klicken. Sie senkte die Augen und sah ein Messer in Chees Hand aufblitzen. Sie ahnte den Wurf des Jungen mehr als sie ihn sah. Marvin stieß einen Schrei aus und hob die Hände. Verblüfft betrachtete er sein blutendes Handgelenk, in dem Chees Messer einen tiefen Schnitt hinterlassen hatte.

Jetzt erschien Peter mit angelegtem Gewehr auf der Türschwelle.

«Mach, daß du fortkommst!» befahl er. «Oder ich schieße.» Marvin zog langsam ein Taschentuch aus der Tasche und band es um sein verletztes Handgelenk. Schweißtropfen glänzten auf seinem Gesicht.

«Das werden Sie mir bezahlen!» zischte er. Dann erblickte er Chee, der neben Peter stand.

«Und du, Hund, nimm dich in acht, daß du mir nicht über den Weg läufst!»

Er gab seinen Kumpanen ein Zeichen. Die Männer bestiegen ihre Pferde, ritten hintereinander zum Tor hinaus und verschwanden in der Nacht. Man hörte, wie die Hufschläge sich entfernten.

Jakob stand taumelnd auf. Er hielt sich das Kinn.

«Mitten auf die Nase!» erklärte er zufrieden.

«Du solltest dich lieber beherrschen», sagte seine Mutter trocken. «Hast du nicht begriffen, daß sie einen Vorwand suchten, um Streit anzufangen?»

Chee ging über den Hof, um sein Messer zu suchen.

«Sehen Sie, Frau Roland», sagte er mit gequältem Lächeln, «meinetwegen haben Sie dauernd Scherereien.»

«Sei nicht albern, Chee. Das war lediglich ein Vorwand. Sie wollten doch nur, daß ich die Geduld verliere und ihnen mein Land verkaufe, freiwillig oder gezwungen.»

«Warum denn?» fragte Ann.

Peter erklärte es ihr.

«Jemand hat das Gerücht verbreitet, auf unserem Land sei Gold zu finden. Lächerlich! Als mein Vater das Gut kaufte, hat er alles durchforscht, er fand nicht das winzigste Äderchen.»

«Wer ist denn dieser Marvin?» fragte Ann besorgt.

«Ein ehemaliger Berufsspieler, der durch irgendwelche dunkle Geschäfte reich geworden ist. Seit er mit seiner Bande die Gegend unsicher macht, können anständige Leute nicht mehr ruhig schlafen.»

Ann mußte an die Gestalten denken, denen sie im Dorf begegnet war, und an die scheuen Blicke der Mexikaner. Offensichtlich lebten sie in ständiger Angst... Besorgt spähte sie in die Dunkelheit hinaus. Sie spürte, daß sie beobachtet wurden. Irgendwo im Dunkeln registrierten feindselige Augen jede Bewegung. Auch Chee schien das zu spüren. Er legte Ann den Arm um die Schultern.

«Mach dir keine Sorgen!» beruhigte er sie. «Wir werden uns schon zu verteidigen wissen.»

«Allerdings!» pflichtete Frau Roland bei. Ihr energisches Gesicht wurde von der Lampe hell erleuchtet. «Gleich morgen gehe ich zum Sheriff und bitte ihn um Schutz vor Marvin und seiner Bande. Peter und Jakob, macht bitte die Läden zu und kontrolliert alle Schlösser! Und jetzt marsch, alle ins Haus!»

7. KAPITEL

«Ruhig Diamant! Ruhig!» sagte Chee leise. «Du bist das schönste Pferd der ganzen Herde, aber du hast einen schlechten Charakter, das wissen wir...»

Während er sprach, zog er vorsichtig die Sattelgurte an und legte dem Pferd geschickt die Trense ins Maul. Es schüttelte mißtrauisch und nervös den Kopf. Sein Fell schimmerte in der Morgensonne.

Ann, Peter und Jakob saßen auf dem Zaun und sahen interessiert zu.

«Der ist heimtückisch», sagte Peter und kaute an einem Strohhalm. «Gestern hat er ausgeschlagen wie der Teufel, als Mutter ihn antraben lassen wollte.»

«Ein herrliches Pferd!» sagte Ann bewundernd.

Sie warf die Haare zurück und sog tief die Morgenluft ein. Die großartige Landschaft, die Pferde und vor allem Chees Anwesenheit machten sie so glücklich, daß sie am liebsten geschrien hätte vor Freude.

«Wir wollen es noch einmal versuchen», sagte Chee und tätschelte den Hals des Pferdes. «Du wirst jetzt ganz brav sein und mich auf deinen Rücken lassen.»

Geschickt schwang er sich in den Sattel. Diamant zitterte, aber er wehrte sich nicht. Mit einem Schenkeldruck setzte Chee das Pferd in Bewegung. Diamant ging im Schritt durch den ganzen Korral. Er biß an der Trense, die seinem empfindlichen Maul weh tat. Am Ende des Korrals wendete Chee das Pferd und wollte es antraben lassen. Diamant sträubte sich und sprang schnaubend zur Seite.

«Nur ruhig, hab keine Angst!...» besänftigte ihn Chee. «Ich tue dir nichts.» Wieder trieb er das Pferd an. Diamant begann auf der Stelle zu tänzeln und schüttelte seine Mähne. Plötzlich beugte es den Hals und trabte an. Als sie zum gegenüberliegenden Zaun kamen, zog Chee sanft an den Zügeln, und das Pferd machte eine außerordentlich elegante Wendung. Es gehorchte seinem Schenkeldruck und trabte geschmeidig und gleichmäßig schräg durch den Korral.

«Sieh dir diesen Trab an! Ein wahres Wunder!» rief Peter und schlug seinem Bruder so kräftig auf den Rücken, daß er beinahe vom Zaun gefallen wäre. «Mutter wird sich freuen!»

Neben dem Stall standen die beiden mexikanischen Stallburschen Julio und Ramon. Sie schrien laut Beifall und schwenkten ihre Sombreros.

Chee brachte das Pferd zum Stehen. Es zitterte am ganzen Leib. Er sprang ab und tätschelte seinen Hals.

«Brav Diamant! Das hast du gut gemacht!»

«*Du* hast es gut gemacht, Chee», sagte Ann.

Peter nahm das Pferd am Zügel. Sein Fell war mit dunklen Schweißflecken bedeckt. Er rief die Stallburschen.

«Julio, Ramon! Reibt ihn sorgfältig ab! Und Durst hat er auch.»

«Ich hole ihm Wasser», sagte Julio, ein schmächtiges, dürres Männchen. Er nahm einen Eimer, ging zum Brunnen und fing an zu pumpen. Plötzlich beugte er sich über das Wasser und schnupperte aufmerksam.

«Padron! Kommen Sie schnell! Das Wasser riecht so komisch!»

Die jungen Leute kamen herbeigestürzt und beugten sich über den Brunnen. Alle rochen deutlich den fauligen Geruch, der aus der Öffnung aufstieg. Chee und Peter sahen einander an.

«Was hältst du davon?» fragte Peter und zog eine Grimasse.

«Sie haben einen Kadaver in den Brunnen geworfen, das Wasser vergiftet.»

«Dachte ich's mir doch!» rief Peter empört. «Jetzt muß der Brunnen gereinigt werden, und wir müssen das Wasser an der Quelle in den Bergen holen. So eine Gemeinheit!»

Julio begann zu zittern.

«Padron, diese Männer sind gefährlich... es ist nicht gut, sie zu Feinden zu haben...»

Sein Blick blieb vorwurfsvoll an Chee hängen.

«Halte den Mund!» fuhr Peter ihn an. «Geh in den Stall und reibe das Pferd ab!» Die jungen Leute standen um den Brunnen herum und sahen einander bestürzt an. Unwillkürlich rieb Jakob sein schmerzendes Kinn.

«Ein neuer Schlag für Mutter!» seufzte Peter.

«Der Sheriff wird euch sicher gegen diese Banditen schützen!» meinte Ann.

Sie hörte, wie Chee leise vor sich hinmurmelte:

«Ich bin nicht so sicher.»

«Wir werden es ja bald wissen», sagte Peter. «Mutter ist schon vor zwei Stunden zum Sheriff geritten. Sie ist imstande und hält ihm einen Revolver unter die Nase.»

Frau Roland kam erst eine Stunde später zurück. Man sah sie in einer Staubwolke an den Ruinen der spanischen Mission vorbeigaloppieren. Sie hielt sich kerzengerade und sah prächtig aus mit ihrem breiten mexikanischen Hut und der Peitsche, die am Sattelknauf hing. Aber als sie in den Hof ritt, sahen die jungen Leute sofort, daß es nicht gut gegangen war.

«Dieser Idiot!» schimpfte sie und sprang wütend vom Pferd. «Dieser Idiot!»

«Hat er sich geweigert?» fragte Peter ungläubig.

«Ja, aber das wird er mir büßen!»

Sie nahm den Hut ab und beugte sich über den halbvollen Wassereimer, um ihr Gesicht zu kühlen. Chee hielt sie zurück.

«Vorsicht!»

«Was ist denn jetzt schon wieder?» fragte sie ungeduldig.

«Man hat den Brunnen vergiftet.»

Frau Roland richtete sich langsam auf, zwischen ihren Brauen stand eine tiefe, senkrechte Falte. Sie wandte sich ab und ging zum Brunnen.

«Frau Roland», fragte Chee sanft, «weshalb hat Ihnen der Sheriff seinen Schutz verweigert?»

«Aus verschiedenen lächerlichen Gründen, die niemanden etwas angehen!»

«Ich weiß warum», fuhr Chee beharrlich fort. «Weil sie mir Arbeit geben.»

Frau Roland fuhr herum und musterte den jungen Mann zornig. «Und wenn schon?»

Chee senkte den Kopf. «Ich... ich möchte nicht, daß Sie meinetwegen in Schwierigkeiten kommen, Frau Roland. Es ist besser, wenn ich gehe.»

«Rede keinen Blödsinn!» schrie ihn Frau Roland an. «Du bist hier zuhause. Und jetzt will ich kein Wort mehr hören. Hier bestimme ich.»

Gereizt sah sie ihre Söhne an.

«Was ist denn los? Was starrt ihr mich so an? Spannt die Wagen an und holt sauberes Wasser für unsere Tiere!»

Der Wagen rumpelte und schwankte über den steilen,

holprigen Fahrweg. Schweißgebadet keuchten die Pferde bergan. Die Fässer, die auf dem Wagen festgebunden waren, schlugen aneinander. Chee hielt die Zügel. Ann klammerte sich neben ihm am Kutschbock fest. Sie spürte, wie bedrückt er war.

«Überall», sagte er nach einer Weile, «mache ich den Leuten Unannehmlichkeiten. Du hättest nicht zu mir kommen sollen!»

«Jetzt muß ich dich auch schelten, wie Frau Roland», sagte Ann zornig, «hör doch mit diesem Unsinn auf!»

«Frau Roland ist meinetwegen in Schwierigkeiten», fuhr Chee traurig fort. «Wenn ich nicht wäre, würde ihr der Sheriff bestimmt helfen.»

Er sah das Mädchen ernst an.

«Ann, ich weiß, daß ich fortgehen muß, um Unannehmlichkeiten zu verhüten.»

Ann senkte den Kopf. Chee sprach so überzeugt, daß sie ihm nicht zu widersprechen wagte. Er hatte recht: die Rolands benötigten dringend den Schutz des Sheriffs. Marvin und seine Bande würden vor nichts zurückschrecken, um ihr Ziel zu erreichen. Ann wußte, wie schwer Chee dieser Entschluß fiel. Zum erstenmal hatte er hier ein Zuhause gehabt.

Entschlossen sagte sie:

«Wenn du gehst, komme ich mit.»

Er ließ die Pferde langsamer gehen.

«Ann... ich weiß nicht wohin. Es wird hart sein für uns beide...»

«Na und?» sagte sie. «Ich habe zwei Jahre lang mit einem Dach über dem Kopf gelebt und jeden Tag mein

Essen bekommen. Was nützt das, wenn man unglücklich ist?»

Chee hielt plötzlich den Wagen an. Er legte dem Mädchen die Hände auf die Schultern.

«Ann, ich möchte dich heiraten.»

Ann wagte sich nicht zu rühren. So lange hatte sie sich gewünscht, diese Worte zu hören! Sie hatte daran gedacht wie an einen unerfüllbaren, ein wenig närrischen Traum. Sie sah ihm forschend in die Augen.

«Ich möchte dich auch heiraten», flüsterte sie. Dann stiegen ihr die Tränen in die Augen.

«So was Dummes!» sagte sie. «Jetzt muß ich weinen, und dabei bin ich so glücklich!»

Chee sah sie zärtlich an.

«Das kommt vor», sagte er lächelnd.

Dann wurde sein Gesicht wieder ernst und nachdenklich.

«Was wird deine Tante dazu sagen?»

«Das werden wir ja sehen», antwortete Ann unbekümmert. «Wir werden zu ihr gehen und ich sage ihr: ‹Tante Adele, das ist der Mann, der mich heiraten möchte. Ich bin stolz darauf.› Sie wird wohl oder übel zustimmen müssen.»

«Und wenn sie es nicht tut?»

«Dann pfeifen wir auf ihre Einwilligung! Ich werde bald zwanzig. Ich bin kein kleines Kind mehr!»

«Ich habe in diesen Monaten bei den Rolands viel gelernt», sagte Chee nachdenklich. «Vor zwei Jahren hätte ich nie gewagt, an dich als an meine Frau zu denken. Heute kommt es mir ganz natürlich vor.»

Der Pfad stieg steil bergan. Zu beiden Seiten lagen Geröllhalden und große Felsblöcke. Jetzt fuhren sie an einer mächtigen Felswand entlang, die von der Morgensonne in gelbliches Licht getaucht wurde. Vom Gipfel stieg ein Vogel auf und schwang sich in die Luft. In diesem Augenblick krachte ein Schuß. Stöhnend brach eines der Pferde in die Knie: es war mitten in die Brust getroffen. Das andere versuchte, schnaubend vor Angst, seitlich auszubrechen. Der Wagen neigte sich bedenklich. Ann schrie auf.

«Spring runter! Schnell!» schrie Chee.

Ann gehorchte und ließ sich ins Geröll fallen. Sie schürfte sich Hände und Knie auf. Sie sah, wie Chee vom Wagen sprang und sich hinter die Deichsel duckte. Er hatte das Messer in der Hand, um das Geschirr des toten Tieres durchzuschneiden und das andere Pferd loszumachen. Ein zweiter Schuß dröhnte. Ann warf sich auf den Boden. Ganz oben auf dem Berg, genau dort, wo die Quelle entsprang, sah sie einen Mann mit einem Gewehr.

Chee versuchte, das Pferd zu beruhigen, das sich wild aufbäumte und in seinem Geschirr verfing. Der Wagen begann plötzlich aus eigener Kraft bergab zu rollen. Ann sah ihn in einem Hagel von Schutt und losgelösten Steinen direkt auf sich zukommen. Sie hörte Chee etwas brüllen, sprang zurück und preßte sich flach an die Felswand. Der Wagen ratterte an ihr vorbei und stürzte in den Abgrund. Ann richtete sich zitternd auf, über und über mit Staub bedeckt. Chee stand schon neben ihr.

«Ann! Fehlt dir etwas?»

«Ich... ich glaube nicht! Was ist denn?»

«Diese Lumpen bewachen die Quelle. Wir können kein Wasser holen! Wir müssen hier fort, sonst kreisen sie uns ein, und wir sind verloren. Warte hinter dem Felsblock auf mich! Ich will versuchen, das Pferd einzufangen.»

Ann nickte. Chee bückte sich und schlüpfte geschickt zwischen den Steinen hindurch. Auf allen Vieren kroch er zu dem Pferd, das zitternd neben seinem toten Gefährten stand, und packte es am Zügel. Wieder krachte ein Schuß. Die Kugel schlug so nahe in die Felswand ein, daß Chee von einigen Steinsplittern getroffen wurde. Das Pferd wich zurück.

«Ruhig!» flüsterte Chee, «ganz ruhig!»

Endlich gelang es ihm, das zitternde Tier hinter den Felsblock zu ziehen. Er half dem Mädchen auf das Pferd und schwang sich hinter sie, so daß er sie gegen die Angreifer deckte.

«Bereit, Ann?»

«Ja.»

Chee biß die Zähne aufeinander.

«Wenn ich getroffen werde, bleibe auf keinen Fall stehen. Reite weiter.»

Ann hatte keine Zeit zu antworten. Chee hatte dem Pferd die Absätze in die Flanken gedrückt. Es schoß aus dem Versteck und raste über den steinigen Weg. Der Hang war so steil, daß Ann den Eindruck hatte, kopfvoran über dem Hals des Pferdes zu hängen. Verängstigt vom Pfeifen der Kugeln galoppierte das Pferd davon. Manchmal rutschte es auf den Steinen aus, aber Chee riß es immer wieder hoch. Endlich schien es Ann, als ob das

Gelände ebener würde. Sie waren im Tal, wo sie die Hügelkette vor den Banditen schützte.

Chee zog an den Zügeln. Nach ein paar unkontrollierten Sprüngen fiel das Pferd in Schritt. Ann blies sich die Haare aus dem Gesicht, ihr Herz klopfte zum Zerspringen.

«Da haben wir noch einmal Glück gehabt.»

«Ja», sagte Chee. «Da kommen die anderen. Denen wäre es genauso ergangen wie uns.»

Ein zweiter Wagen begann die Steigung zu nehmen. Peter kutschierte, und Jakob saß neben ihm. Als sie Ann und Chee staubbedeckt auf einem einzigen Pferd heranreiten sahen, hielten sie besorgt.

«Chee! Ann! Was ist passiert? Habt ihr einen Unfall gehabt?»

«Marvin und seine Bande bewachen die Quelle!» erklärte Chee atemlos. «Das andere Pferd haben sie erschossen, und der Wagen ist in den Abgrund gestürzt.»

Wut blitzte in Peters Augen auf.

«Kann man kein Wasser holen?» fragte Jakob ungläubig.

«Ich fürchte nein.»

«Wenn ich diesen Marvin je erwische, kann er etwas erleben!» knirschte Peter. Er schnalzte mit der Zunge und wendete den Wagen.

«Kommt, wir müssen Mutter Bescheid sagen.»

Die Rolands hatten sich auf der Veranda vor dem Haus versammelt und berieten, was zu tun sei. Die Jungen hockten auf dem Geländer, während ihre Mutter unruhig auf- und abging.

«Die Pferde sind durstig», sagte Peter. «Sie haben seit gestern abends nichts getrunken.»

«Wie lange braucht man, um den Brunnen zu reinigen?» fragte Chee.

«Zwei bis drei Tage... wenn nichts dazwischenkommt!»

Frau Roland blieb plötzlich stehen. Ihr Gesicht war entschlossen und hart.

«Ich führe meine Herde zur Dorftränke.»

Peter sprang auf.

«Tu das nicht, Mutter! Du forderst sie heraus!»

«Glaubst du, ich lasse mich von einem solchen Lumpen einschüchtern?» Ihre zusammengebissenen Lippen waren ganz weiß. Sie riß die Peitsche aus dem Gürtel und knallte damit durch die Luft.

«Chee! Peter! Jakob! An die Arbeit! Helft mir die Pferde zusammentreiben. Du auch, Ann. Ich brauche euch alle.»

Ann ging in den Korral, wo Chee schweigend sein Pferd sattelte. Kiuw tänzelte ungeduldig, während er die Sattelgurte anzog.

«Frau Roland wagt zu viel», sagte er. «Das werden sie sich nicht gefallen lassen.»

Er sah seine Patronen nach und schnallte den Gürtel mit dem Revolver um. Ann seufzte. Das alles hatte nichts

Gutes zu bedeuten. Dennoch mußte sie Frau Rolands Mut bewundern. Man mußte schon sehr kühn sein, um einer solch skrupellosen Bande die Stirn zu bieten.

«Sie ist die mutigste Frau, die ich je gesehen habe!»

Chee nickte.

«Ja, aber der Kampf ist zu ungleich. Sie hat keine Chance, ihn zu gewinnen.»

In einer gelben Staubwolke stob die Herde über die Straße ins Dorf.

Frau Roland ritt an der Spitze. Sie saß auf einem pechschwarzen Pferd mit bebenden Nüstern. Chee und Peter überwachten die Herde von beiden Seiten. Ann und Jakob ritten am Schluß.

Es war Spätnachmittag. Die Felder erstreckten sich bis zum Fuß des Gebirges, hier und dort unterbrochen von den grünen Flecken der Weiden. Durch eine Kakteenhecke sah man die ersten Häuser. Als die Herde ins Dorf kam, leerten sich mit einem Schlag die Straßen, die eben noch voller Menschen gewesen waren. Frauen liefen hastig davon und brachten ihre Kinder ins Haus. Läden wurden zugeschlagen. Straßenverkäufer sammelten ihre Waren ein. Ein Hund kläffte böse hinter den Fohlen her.

Frau Roland ritt rasch, die Augen starr geradeaus gerichtet, als bemerkte sie die Verwirrung nicht, die ihre Herde im Dorf auslöste. Sie hielt die aufgerollte Peitsche in der Hand.

Im Nu war das Dorf wie ausgestorben. Nur die Hufschläge dröhnten durch die Stille. Ann spürte, daß die Leute hinter den geschlossenen Fenstern ängstlich beobachteten, was geschehen würde und fühlte, wie ihr der Angstschweiß den Rücken herunterrann.

Jetzt bogen sie in die Hauptstraße ein. Die Läden zu beiden Seiten sahen eigentlich eher aus wie Lagerschuppen. Zwischen ihnen fiel die grellrosa Fassade des einzigen Saloons im Ort besonders auf. Am Ende der Straße lag die «Plaza» mit der Kirche und dem Dorfbrunnen.

Plötzlich sah Ann, daß die Straße durch einen querstehenden Wagen versperrt war. Finster dreinblickende Gestalten bewachten das Hindernis, die Hand am Gewehrabzug. Ann erkannte zwei Männer, die letzten Abend Marvin begleitet hatten. Sie zitterte vor Angst.

Frau Roland gab ein Zeichen. Chee und Peter galoppierten der Herde entlang, um die Pferde zum Stehen zu bringen. Die Tiere stießen einander erregt, weil sie das Wasser rochen.

In diesem Augenblick stieß ein Mann die Tür des Saloons auf und kam lässig auf Frau Roland zu, die Hände in den Taschen seiner seidenen Weste, die Zigarre im Mund. Es war Marvin.

Frau Roland drückte ihrem Pferd die Absätze in die Flanken und ritt ihm entgegen.

«Marvin!» sagte sie so laut, daß jeder es hören konnte. «Geben Sie sofort den Weg frei und lassen Sie meine Pferde durch.»

Marvin grinste sie nur an. Seine beiden Colts waren deutlich zu sehen.

«Sie sind eine ungewöhnlich eigensinnige Frau! Ich dachte, Sie würden so klug sein, mich nicht zum Äußersten zu treiben.»

«Lassen Sie mich vorbei!» antwortete Frau Roland und trieb ihr Pferd an.

Marvin schob die Zigarre in den anderen Mundwinkel.

«Sie kennen die Bedingungen. Schicken Sie den Indianer fort, und...»

Er sprach nicht zu Ende. Frau Roland hatte ihre Peitsche erhoben, die Schnur sauste durch die Luft und klatschte in Marvins Gesicht. Er taumelte rückwärts und tastete verblüfft nach dem blutigen Striemen in seinem Gesicht.

«Chee! Peter!» rief Frau Roland und trieb die Pferde an.

Wie ein Sturzbach rasten die Pferde an beiden Seiten des Wagens vorbei. Die Männer sprangen verwirrt beiseite. Marvin schüttelte die Faust.

«Ich werde mich rächen!» zischte er Frau Roland zu, die ihn unbeweglich musterte. «Das werden Sie mir büßen!»

Ohne zu antworten, knallte Frau Roland mit der Peitsche. Marvin hielt schützend die Arme vors Gesicht und wich zurück. Die Frau lachte spöttisch. Sie gab ihrem Pferd die Sporen und galoppierte hinter der Herde her. Ihr Gesicht war bleich und erschöpft, aber entschlossen.

Ann war kaum eingeschlafen, als ein Kratzen an ihrer Tür sie weckte. Sie kletterte aus dem Bett, warf sich eine Jacke über und machte die Tür einen Spalt weit auf. Im flackernden Schein der Petroleumlampe erkannte sie Chee.

«Ann», flüsterte er, «wir müssen fort.»

«Heute nacht?»

«Ja, Frau Roland ist zu gut, um uns wegzuschicken,

aber sie ist in Gefahr. Ich will nicht, daß ihr meinetwegen etwas passiert.

«Weiß Peter Bescheid?» fragte Ann.

Chee nickte.

«Ich konnte ihn überzeugen, daß es so besser ist. Er wird mit seiner Mutter sprechen. Zieh dich schnell an! Ich kümmere mich unterdessen um die Pferde.

Ann schlüpfte im Dunkeln hastig in Hosen und Stiefel, packte ihre paar Sachen zusammen und steckte sie in den Reisesack. Leise schlich sie zur Treppe. Die Stufen knarrten. Chee wartete vor der Küchentüre. Peter stand neben ihm.

«Alles ist bereit», sagte er leise.

Er sah Ann und Chee an.

«Ich lasse auch nicht gerne fortgehen... aber Chee hat recht! Mutter unterschätzt die Gefahr. Diese Kerle sind zu allem fähig. In ein paar Monaten ist die Geschichte vergessen, und ihr kommt wieder. Wir brauchen euch.»

Traurig legte er Chee die Hand auf die Schulter.

«Du wirst mir sehr fehlen.»

In diesem Augenblick ging die Tür auf, und ein Lichtschein fiel ins Zimmer.

«Na», fragte Frau Roland. «Was ist denn hier los?»

«Verflucht!» brummte Peter und wurde rot. «Was hat Mutter für feine Ohren!»

Frau Roland trug einen alten Morgenrock. Ihre Haare hingen zu einem dicken Zopf geflochten über die Schultern herab. Sie trug ihr Gewehr in der Hand. Als sie Ann und Chee angezogen dastehen sah, verstand sie sofort, was los war.

«Ihr geht also fort, ohne mir etwas zu sagen?»

«Frau Roland...» begann Chee verlegen. «Ich habe Sie so oft gebeten, mich gehen zu lassen.»

Sie seufzte und nickte.

«Ja, ja, ich weiß.»

Sie ließ das Gewehr polternd auf den Tisch fallen.

«So haben sie es also doch geschafft!»

Sie ging zu Ann und Chee, die wie angewurzelt dastanden, und umarmte sie.

«Kommt bald zurück! Vergeßt nicht, daß ihr hier zuhause seid.»

Chee und Ann stiegen auf und ritten zum Tor, das Peter ihnen aufgemacht hatte. Chee beugte sich zu seinem Freund hinunter und drückte ihm die Hand.

«Bis bald», sagte Peter leise.

Frau Roland stand unter der Tür und sah zu, wie sie in der Dunkelheit verschwanden. Lange leuchtete das helle Viereck der Türöffnung durch die Nacht.

Chee und Ann ritten schweigend nebeneinander her. Nur das dumpfe Aufschlagen der Hufe auf dem Boden war zu hören. Für die Jahreszeit war die Nacht sehr mild. Die Luft war von dem betäubenden Duft der Kaktusblüten erfüllt.

Endlich sagte Chee:

«Bist du sehr müde, oder können wir noch ein paar Stunden reiten?»

«Wir können weiterreiten!» sagte Ann.

Sie sah ihn in der Dunkelheit lächeln.

«Da sind wir wieder unterwegs, Ann. Wer weiß, wohin.»

«Zuerst einmal zu Tante Adele!» erklärte Ann entschieden. «Ich muß ihr doch meinen Bräutigam vorstellen.»

Sie vergaß ihren Kummer und lachte.

«Was sie wohl für ein Gesicht machen wird, wenn sie uns zusammen ankommen sieht?»

Nach einer halben Stunde erreichten sie den Pfad, der zur Hochebene hinaufführt. Sie konnten schon deutlich das Rauschen des Flusses hören. Ann sah sich noch einmal um und erschrak.

«Geht die Sonne schon auf?»

«Die Sonne?» fragte Chee verwundert. «Wo denn?»

Sie wies auf den roten Lichtschein am Horizont.

«Um Himmelswillen! Das ist nicht die Sonne!»

Jetzt verstand auch Ann: Was sie für die Morgenröte gehalten hatte, war der Widerschein einer Feuersbrunst. Die Ranch der Rolands brannte! Fast gleichzeitig rissen beide die Pferde herum und fegten im Galopp zurück.

«Hoffentlich kommen wir nicht zu spät!» keuchte Chee.

9. KAPITEL

Nie würde Ann diesen Ritt durch die Nacht vergessen. Chee ritt voraus. Kiuw bewegte sich auf dem steilen Pfade mit unglaublicher Sicherheit, und Anns Pferd folgte, so gut es konnte. Als sie ins Tal kamen, verschwand der Lichtschein hinter den Hügeln. Dann war er plötzlich wieder da. Flammen züngelten in alle Richtungen.

«Was sollen wir machen? rief Ann atemlos.

«Wir kommen zu spät!» sagte Chee. «Sie haben sich schon aus dem Staub gemacht. Diese Dreckskerle!»

Er stieß Kiuw die Absätze in die Flanken. Kiuw schnellte vorwärts. In gestrecktem Galopp rasten sie zur Ranch. Das Hauptgebäude und die Stallungen standen in Flammen. Es war glühend heiß. Ann fiel auf, daß kein einziges Pferd mehr im Korral war. Waren sie alle davongelaufen?

Jemand rannte mit Wassereimern vom Brunnen zum Haus. Es war Peter, der verzweifelt versuchte, die Glut zu löschen. Im Schein der Flammen sah Ann, wie Frau Roland sich über Jakob beugte, der auf der Erde lag.

Chee galoppierte quer über die Weide auf den Zaun zu. Kiuw setzte mit einem mächtigen Satz über das Hindernis. Chee sprang ab.

Peter rannte ihm entgegen.

«Gottseidank bist du wieder da! Marvin und seine Bande haben die Ranch angegriffen. Die feigen Mexikaner haben sich aus dem Staub gemacht! Wir mußten uns ganz allein verteidigen. Die Banditen haben die Pferde mitgenommen und das Haus in Brand gesteckt. Mutter und Jakob sind verletzt.»

Jetzt war auch Ann beim Korral angelangt. Sie sprang vom Pferd und lief zu Frau Roland. Die Frau hob ihr rauchgeschwärztes Gesicht. Ihr linker Arm hing schlaff herunter.

«Ist es schlimm?» fragte Ann besorgt.

«Nein», antwortete Frau Roland mit zusammengebissenen Zähnen. «Aber Jakob hat es böse erwischt.»

Der Junge stöhnte leise vor sich hin. Er hatte die

Augen geschlossen, und ein Blutfaden rieselte über sein Kinn.

Peter kam zu ihnen. Sein Gesicht war rußbeschmiert, seine Haare angesengt.

«Marvin hat auf ihn geschossen! Ich habe es gesehen!» sagte er.

Chee kniete neben Jakob nieder. Er hob sanft seinen Arm und knöpfte ihm das Hemd auf, um die Schußwunde zu untersuchen. Dann hob er den Kopf.

«Es ist sehr schlimm. Die Kugel scheint die Lunge gestreift zu haben. Wir brauchen einen Arzt.»

«Der alte Peterson», überlegte Frau Roland. «Aber er ist meistens betrunken.»

Ann sprang auf.

«Ich weiß, wo Peterson wohnt! Ich habe sein Schild im Dorf gesehen. Ich hole ihn!»

Sie lief zu ihrem Pferd, schwang sich in den Sattel und galoppierte ins Dorf. Die Straßen waren dunkel und leer. Die Leute schienen zu schlafen. Die Stille kam dem Mädchen merkwürdig vor. Die Leute mußten doch die Schüsse gehört, das Feuer gesehen haben.

Es gelang ihr, im Dunkeln das Haus des Arztes zu finden. Sie band hastig ihr Pferd an und hämmerte mit den Fäusten gegen die Tür. Ihre Schläge hallten durch die Stille.

Unendlich viel Zeit verging. Ann taten schon die Fäuste weh. Endlich hörte sie unsichere Schritte, und die Tür ging auf. Ein schmutziger, nach Whisky riechender alter Mann mit einer Petroleumlampe in der Hand trat auf die Schwelle.

«Doktor Peterson», sagte Ann, «Sie müssen sofort kommen! Der Sohn von Frau Roland ist schwer verletzt.»

Peterson schwankte, und seine Lampe schaukelte vor Anns Nase hin und her. Er schüttelte den Kopf.

«Hat es bei den Rolands Händel gegeben? Das mußte ja so kommen...»

«Schnell, kommen Sie!» drängte Ann.

Der Alte rührte sich nicht.

«Da hat Slim Marvin seine Hände im Spiel. Ich mische mich nicht in Dinge, die mich nichts angehen.»

Ann brauchte eine ganze Weile, bis sie verstand. Sie starrte den Alten ungläubig an.

«Aber... aber Sie können Jakob doch nicht im Stich lassen!»

Der Alte verzog sein Gesicht.

«Bedaure, Kleine! Die Rolands halten zu den Indianern. Mit Verrätern wollen wir nichts zu tun haben.»

Er wollte die Tür zuschlagen. Aber Ann stellte rasch den Fuß dazwischen. Ihre Verzweiflung war erbittertem Zorn gewichen.

«Sie alter Schuft!» schrie sie. «Ich wünschte, Cochise und seine Krieger erwischten Sie! Ich wünschte, sie würden Sie skalpieren und...»

Bei dem Wort skalpieren sah sie plötzlich, daß Peterson kahlköpfig war wie ein Ei, und sie mußte lachen. Verblüfft kniff der Arzt seine rotunterlaufenen Augen zusammen. Dann schlug er Ann die Tür vor der Nase zu. Ann stand da, die Tränen liefen ihr übers Gesicht, aber sie konnte nicht aufhören zu lachen. In ohnmächtiger

Wut trat sie gegen einen Abfalleimer und tat sich dabei ziemlich weh.

«Ich hasse ihn!» schluchzte sie. «Ich hasse ihn!»

Sie band ihr Pferd los und ritt davon. Sie meinte, Gesichter hinter den Fenstern zu sehen, aber vielleicht bildete sie sich das nur ein.

Peter und Chee hatten das Feuer nicht löschen können. Der Hof war nur noch ein Trümmerhaufen, aus dem rote Flammen züngelten. – Frau Roland saß am Zaun gelehnt, Jakobs Kopf in ihren Schoß gebettet, und tupfte mit einem Taschentuch seine Stirn ab.

Ann ritt auf sie zu und stieg ab. Sie rieb sich die Augen, die vom Rauch und von den Tränen brannten.

«Kommt Peterson nicht?» fragte Frau Roland.

«Nein», sagte Ann leise, «er hatte Angst.»

Frau Roland antwortete nicht. Sie beugte den Kopf vor und strich Jakob die Haare aus der Stirn.

Chee und Peter kamen zu ihnen herüber. Sie hatten eingesehen, daß sie den Hof nicht mehr retten konnten.

«Mutter», sagte Peter gepreßt. «Wir können nichts machen. Der Hof ist verloren.»

Frau Roland winkte ab.

«Das wichtigste ist, Jakob zu retten. Wir müssen einen Arzt finden.»

Die jungen Leute senkten den Kopf. Niemand im Dorf würde ihnen helfen. Alle hatten sie vor Marvins Bande Angst. Chee, der das am besten wußte, spürte, wie Bitterkeit in ihm aufstieg. Er kannte diese Verzweiflung nur zu gut. Früher hatte er in solchen Augenblicken Kiuw gesattelt und war allein in die Wüste hinausgeritten, weit fort von der Dummheit und Bosheit der Menschen. Aber die Rolands und Ann brauchten ihn. Nein, er hatte nicht das Recht zu fliehen.

«Was sollen wir nur tun?» überlegte Frau Roland und stützte ihren schmerzenden Arm.

Plötzlich hatte Ann eine Idee.

«Am besten gehen wir zu meiner Tante nach Tucson. Sie wird uns helfen und einen Arzt holen.» Tante Adele hatte zwar ihre Grundsätze, aber sie würde einem Verwundeten nie ihre Hilfe verweigern.

«Das sind zwei Tagereisen durch die Berge», gab Peter zu bedenken. «Jakob hält das nicht durch.»

Ein Rest ihrer alten Energie flackerte in Frau Roland auf. Sie stand auf.

«Er wird durchhalten, weil es sein muß», sagte sie in einem Ton, der keinen Widerspruch duldete.

Und Chee fügte hinzu:

«Ein Wagen ist noch da. Wir könnten unsere beiden Pferde davorspannen...»

Er beugte sich über Jakob.

«Hör zu, Jakob! Wir fahren nach Tucson zu einem Arzt. Es wird nicht leicht sein für dich, aber es bleibt uns nichts anderes übrig.»

Jakob sah ihn mit fiebrigen Augen an.

«Ich... ich werde durchhalten», versprach er. Dann krümmte er sich unter einem Hustenanfall.

Frau Roland wischte das Blut ab, das ihm aus dem Mund floß.

Hastig spannten Peter und Chee die Pferde vor den einzigen Wagen, der vom Feuer verschont geblieben war. Kiuw schlug wütend aus, weil er an die Deichsel mußte, aber es gelang Chee, ihn zu beruhigen. Mit ein paar Decken machten sie Jakob hinten im Wagen ein Lager. Ann und Frau Roland setzten sich neben ihn, Chee und Peter führten die Pferde.

Es begann gerade zu dämmern, als sie wegfuhren. Nur der Korral stand noch. Frau Roland betrachtete die Überreste ihrer Ranch. Dichter, schwarzer Rauch stieg aus den Trümmern auf.

«Alles ist verbrannt...», murmelte sie. «Aber ich gebe mich nicht geschlagen. Noch nicht. Ich werde meine Pferde zurückholen und einen neuen Hof bauen, noch schöner als den alten.»

«Und wir helfen Ihnen, Frau Roland», sagte Ann und biß sich auf die Lippen, um nicht zu weinen.

Zum erstenmal fand Frau Roland ihre Ironie wieder.

«Na», sagte sie, «es hat euch nicht viel genützt, davonzulaufen?»

«Wir bleiben bei Ihnen!» versprach Ann. Sie hob vorsichtig Frau Rolands Arm hoch und rollte den Ärmel zurück.

«Das müssen wir verbinden...» sagte sie sanft.

10. KAPITEL

Im Morgengrauen des zweiten Tages kamen sie nach Tucson. Alles schlief noch. Grauer Dunst hing über den menschenleeren Straßen. Die Pferde waren völlig erschöpft, der Wagen holperte über die Straße. Peter, der fast die ganze Nacht kutschiert hatte, schlief tief und fest hinten im Wagen. Chee hielt die Zügel. Mit dem freien Arm stützte er Ann, die sich an seine Schulter lehnte.

Jakob hatte hohes Fieber und war bewußtlos. Unermüdlich wischte seine Mutter ihm den Schweiß aus dem Gesicht. In den zwei Tagen schien Frau Roland um Jahre gealtert. Ihre Schultern waren gebeugt, ihr Blick ausdruckslos.

Sanft rüttelte Chee das Mädchen wach.

«Ann, wir sind in Tucson. Wo wohnt deine Tante?»

Ann fuhr auf. Sie zog sich die Lederjacke über die Schultern und versuchte, sich zurechtzufinden. Dann zeigte sie Chee, wie er fahren mußte.

Jakob stöhnte, das Rumpeln des Wagens verursachte ihm heftige Schmerzen.

«Es geht ihm sehr schlecht», flüsterte Chee.

Eine Zeitlang schwiegen beide, dann fragte Chee:

«Ann, was wird deine Tante sagen, wenn sie mich sieht?»

Ann richtete sich auf. Sie war jetzt hellwach.

«Guten Tag, vermutlich.»

Chee mußte lächeln.

«Vielleicht! Aber dann?»

Ann verschränkte die Arme. Sie fror plötzlich.

«Ich weiß nicht», sagte sie ruhig. «Aber was auch geschieht: ich stehe zu dir.»

Tante Adeles Haus stand neben einer Familienpension, welche die alte Dame führte. Es war ein Holzhaus wie alle anderen, aber schon das Äußere zeugte von einem gewissen Wohlstand. Auf der Veranda blühten Geranien, und hinter den Fenstern hingen makellos weiße Spitzenvorhänge.

Chee brachte die Pferde zum Stehen, und Ann sprang mit steifen Beinen vom Wagen. Sie strich ihr Haar glatt und steckte ein paar widerspenstige Strähnen hinter die Ohren. Dann stieg sie die Stufen zur Veranda hinauf und klopfte. Nach einer Weile näherten sich schlurfende Schritte, und die Tür, die mit einer Kette gesichert war, ging einen Spalt auf. Ann sah zu ihrer Erleichterung, daß es nicht Tante Adele, sondern ihre alte Amme war. Eulalias verschlafene Augen wurden groß vor Staunen. Mit zittrigen Fingern hakte sie die Kette auf.

«Annette! Du bist wieder da!»

Dann brach sie wie gewohnt in Tränen aus, schneuzte sich und schluchzte in ihr Taschentuch. Ann unterbrach sie.

«Schnell, Eulalia! Sag Tante Adele Bescheid! Wir haben einen Verwundeten bei uns.»

Eulalia schluchzte.

Ann wurde ungeduldig. In diesem Augenblick ging im oberen Stock eine Tür, die Treppe knarrte, und Tante Adele kam zur Tür. Sie war in einen Flanellmorgenrock gehüllt, auf ihrem Kopf thronte eine Nachtmütze.

«Was ist denn los? Wer...»

Sie verstummte, als sie Ann sah. Die Erleichterung, die einen Augenblick über ihr verbittertes Gesicht gehuscht war, verschwand sofort wieder.

«Annette-Beatrix! Du geruhst also endlich, nach Hause zu kommen. Geh sofort in dein Zimmer! Wir sprechen uns, sobald du dein Gesicht gewaschen und dich anständig angezogen hast.»

«Tante Adele...», sagte Ann, «ich bin nicht allein. Im Wagen liegt ein schwerverletzter Junge. Ich...»

Tante Adele rümpfte die Nase.

«Was soll das heißen? Hast du dich etwa in eine Schlägerei eingemischt?»

Durch die offene Tür sah sie den Wagen und Chee, der zusammengekauert vor Müdigkeit auf dem Kutschbock saß. Tante Adele wurde blaß.

«Sie!» keuchte sie. «Das ist doch nicht möglich!»

Ann fiel ihr schnell ins Wort.

«Tante Adele, das... das erkläre ich dir später. Zuerst müssen wir uns um Jakob kümmern.»

Inzwischen war Frau Roland vom Wagen geklettert. Sie trug den Arm in einer Schlinge und kam müde auf Tante Adele zu.

«Ich bin Frau Roland», sagte sie einfach. «Wir sind von Banditen überfallen worden, und mein jüngster Sohn ist schwer verwundet. Wir sind seit zwei Tagen unterwegs. Der Junge muß sofort in ärztliche Behandlung.»

Trotz ihrer Erschöpfung hielt sie sich kerzengerade und sah Tante Adele fest in die Augen. Sie flehte nicht um Mitleid. Es schien ihr überhaupt nicht in den Sinn zu kommen, Tante Adele könnte ihre Hilfe verweigern.

Jetzt kletterte auch Peter vom Wagen und nahm seinen bewußtlosen Bruder vorsichtig auf die Arme. Tante Adele sah ihre schweiß- und staubbedeckten Gesichter, ihre blutverschmierten Kleider. Ihre Lippen zitterten.

«Kommen Sie herein», sagte sie tonlos. «Ich werde für

Ihren Sohn ein Zimmer herrichten lassen und nach einem Arzt schicken.»

Während sich alle um Jakob bemühten, spannte Chee die Pferde aus und ging zur Pumpe, um die Tiere zu tränken. Trotz der allgemeinen Verwirrung merkte Ann sofort, daß er fehlte. Sie rannte hinaus.

Chee stand über den Brunnen gebeugt und trank Wasser aus der hohlen Hand. Ann lief zu ihm.

«Komm, Chee! Du darfst nicht draußen bleiben!»

Chee richtete sich auf und wischte die nassen Hände an der Hose ab. Er hatte sein Gesicht gewaschen und sein Haar glattgestrichen. Er lächelte gequält.

«Ich fürchte, deine Tante hat einen Schreck bekommen, als sie mich sah.»

«Das fehlte gerade noch!» sagte Ann.

Sie nahm Chees Arm und zog ihn energisch ins Haus.

«Einmal müssen wir es ihr sagen. Dann schon lieber gleich.»

Sie gingen hinein. Hier, in Tante Adeles Haus, wirkte Chee auf einmal seltsam und verlegen. Er schien nicht zu wissen, wohin mit den Händen. Aber dann nahm er sich zusammen.

Ann zog ihn ins Eßzimmer, wo Eulalia, immer noch schluchzend, den Kaffeetisch deckte. Sie stieß ihn in den nächstbesten Sessel und reichte ihm eine Tasse.

«Zucker? Milch?»

Chee sah verblüfft auf und mußte plötzlich lachen. Ann sah ihn an, dann stimmte sie ein. Ihre Nervosität machte sich in einem unwiderstehlichen Lachanfall Luft. Ann warf sich in einen Sessel, daß die Sprungfedern krachten.

«Du lieber Himmel!» prustete sie, «hast du Tante Adeles Gesicht gesehen? Nein, war das komisch!»

So fand sie Tante Adele, die sich inzwischen ein Kleid mit gestärktem Kragen angezogen und ihre Haare zu einem straffen Knoten frisiert hatte. Ann und Chee hörten auf zu lachen. Chee stellte seine Tasse hin und stand auf.

«Madam...»

Tante Adele musterte ihn hochmütig.

«Ich hätte nie gedacht, Sie eines Tages in meinem Haus zu sehen», sagte sie eisig. «Ich weiß nicht, wie meine Nichte es angestellt hat, Sie wiederzufinden. Mir scheint, ich habe Ihnen vor zwei Jahren deutlich genug meine Meinung gesagt.»

«Tante Adele, du gehst wirklich zu weit!» rief Ann empört und sprang auf. Chee hatte sich nicht gerührt. Er sah Tante Adele ruhig an.

«Entschuldigen Sie, wenn ich hier eindringe, Madam. Ich wollte mit Ihnen sprechen.»

«Gut! Er läßt sich nicht einschüchtern!» dachte Ann befriedigt. Meistens bekamen die Leute Angst und kniffen aus, wenn Tante Adele wütend wurde.

Die alte Dame verschränkte die Arme und sah ihn spöttisch an.

«Wirklich? Darf ich wissen, weshalb?»

Chee straffte die Schultern.

«Ann und ich wollen heiraten, Madam.»

Tante Adele wurde krebsrot.

«Sie... Sie wagen es! So eine unglaubliche Unverschämtheit, mich hier in meinem eigenen Haus zu belästigen! Ich rufe die Polizei!»

«Die Polizei!» sagte Chee, ohne sich aus der Ruhe bringen zu lassen. «Damit haben Sie mir schon vor zwei Jahren gedroht, als ich Ihre Nichte nach Mesilla zurückbrachte. Das macht mir keinen Eindruck mehr.»

«Bravo, Chee!» dachte Ann, die den Wortwechsel gespannt verfolgt hatte. Sie ging zu ihm hinüber und hängte sich bei ihm ein.

«Ja, Tante Adele. Wir haben keine Angst mehr vor dir.»

Tante Adele musterte die beiden jungen Leute. Sie kochte vor Zorn.

In diesem Augenblick kam Frau Roland ins Zimmer. Sie war sehr blaß.

«Der Arzt ist soeben gegangen», sagte sie.

Tante Adele schluckte mühsam und bemühte sich, ihre Sprache wiederzufinden.

«Und... wie geht es Ihrem Sohn?»

«Sehr schlecht», antwortete Frau Roland. «Die Wunde hat sich infiziert.»

Chee und Ann sahen einander erschrocken an. Frau Roland ließ sich erschöpft in einen Sessel fallen und strich sich über die Stirn.

«Ich danke Ihnen für Ihre Hilfe», sagte sie zu Tante Adele. «Sie waren unsere letzte Hoffnung.»

«Gab es denn in Tubac keinen Arzt?» fragte Tante Adele.

Frau Roland schüttelte den Kopf.

«Er hat sich geweigert, uns zu helfen.»

«Geweigert? Weshalb denn?»

Frau Roland winkte ab und gab keine Antwort. Ann

sah, wie Chee die Zähne aufeinanderbiß. Ruhig sagte er:
«Meinetwegen, Madam.»

«Rede keinen Unsinn, Chee!» sagte Frau Roland leise. Sie nahm Chees Hand. «Du weißt, daß meine Kinder und ich immer zu dir halten werden, und wenn wir dich gegen Hölle und Teufel verteidigen müssen.»

Auf Tante Adeles Gesicht spiegelten sich gemischte Gefühle. Verwirrt wandte sie sich an Frau Roland.

«Aber Sie wußten sicher nicht, daß dieser... dieser Landstreicher die Frechheit hat, meine Nichte heiraten zu wollen! Was sagen Sie dazu?»

Zu ihrer größten Verblüffung huschte ein belustigtes Lächeln über Frau Rolands Gesicht.

«Ach! Hat er sich endlich entschlossen? Bravo, mein Junge! Dann haben meine guten Lehren also doch etwas genützt!»

Den ganzen Tag über wechselte sich Ann mit Frau Roland an Jakobs Krankenbett ab. Er lag apathisch da, das Haar dunkel von Schweiß, die Lippen rissig vom Fieber. Er atmete stoßweise. Von Zeit zu Zeit bewegte er sich unruhig und murmelte zusammenhanglose Worte. Widerspenstig wie ein kleines Kind biß er die Zähne zusammen und weigerte sich, die Medizin zu schlucken, die der Arzt verschrieben hatte.

Gegen Abend löste Frau Roland, die ein paar Stunden geschlafen hatte, Ann ab. Ann ging in ihr Zimmer, taumelnd vor Müdigkeit. Chee hatte sie nicht wiedergesehen, er teilte mit Peter ein kleines Zimmer unter dem Dach. Im Salon brannte Licht. Tante Adele sah nicht von ihrer

Häkelarbeit auf und sagte ihrer Nichte kühl gute Nacht.

Ann hatte ein entzückendes Zimmer mit geblumten Baumwollvorhängen. Sie wusch sich und schlüpfte in ein spitzenbesetztes Nachthemd. Vor dem Toilettentisch bürstete sie lange das sonnengebleichte Haar. Ihre Augen glitten über die Kristallfläschchen und die Nippsachen aus Porzellan. Ja, das war alles sehr hübsch! Gleich würde sie in ihr Bett schlüpfen, das nach Lavendel duftete. Morgen früh würde ihr Eulalia warme Pfannkuchen und eine Tasse Schokolade bringen. Man würde sie verwöhnen wie eine Prinzessin.

Sie lächelte verächtlich. «Wenn Tante Adele wüßte, wie gleichgültig mir das alles ist! Ich will mit Chee zusammen sein, auch wenn ich in einer Bretterbude oder in einer Apachenhütte wohnen muß.»

Sie legte sich aufs Bett und streckte wohlig die müden Beine. Gleich darauf war sie fest eingeschlafen.

Sie wurde durch heftiges Klopfen an ihrer Tür geweckt. Blinzelnd richtete sich Ann auf. Draußen war es schon hell.

«Was ist denn los?» brummte sie verschlafen.

Eulalia kam herein, blaß und so erschüttert, daß sie zu weinen vergaß.

«Annette!» flüsterte sie, «es ist furchtbar! Der Junge...»

«Jakob!» rief Ann, «was ist passiert?»

«Er ist heute nacht gestorben.»

«Gestorben?» wiederholte Ann verstört.

Sie brauchte eine ganze Weile, bis sie es begriff. Mechanisch stand sie auf, ging durchs Zimmer und zog die Vorhänge zurück. Sie dachte an Frau Roland, an Peter...

11. KAPITEL

Von den nun folgenden Stunden erinnerte sich Ann nur an Frau Rolands und Peters verstörte Gesichter. Merkwürdig! Keiner von beiden hatte geweint. Sie ertrugen Jakobs Tod ohne zu klagen, mit dem gleichen verzweifelten Mut, mit dem sie auch den Verlust der Ranch hingenommen hatten.

Während Frau Roland und Peter an Jakobs Totenbett wachten, irrte Ann durchs Haus und suchte Chee. Endlich entdeckte sie ihn draußen bei den Pferden, er flickte Kiuws Zaumzeug. Sie lief die Treppe hinunter und über den sonnenbeschienen Hof zu Chee. Er wandte den Kopf. Sie sahen einander schweigend an, viel zu erschüttert, um etwas zu sagen. Endlich sagte Chee:

«Ann, ich glaube, ich bringe allen Menschen Unglück.»

«Bitte, sage so etwas nicht!»

«Ich bin schuld an Jakobs Tod...»

«Nein!» widersprach sie, «das ist nicht wahr.»

«Du weißt genau, daß es so ist», erwiderte Chee. «Und ich muß danach handeln. Ich habe bei Frau Roland eine Schuld zu begleichen.»

Wieder begegneten sich ihre Blicke. Sie verstanden einander. Ann wußte, daß Chee keine Ruhe haben würde, ehe er nicht Jakobs Mörder gefunden und der Polizei ausgeliefert hatte.

«Ich werde die Banditen finden und Frau Roland die Pferde zurückbringen, die sie ihr gestohlen haben. Die Apachen werden mir dabei helfen.»

Ruhig sagte Ann:

«Ich komme mit.»

Merkwürdigerweise schien Chee nicht überrascht. Sein Blick ruhte auf dem Schmuck, den Ann um den Hals trug.

Leise sagte er:

«Ja, du kannst mir helfen. Der Türkisvogel sichert dir Cochises Schutz. Dir wird er jeden Wunsch erfüllen.»

Er spielte nachdenklich mit dem Zaumzeug.

«Aber darf ich dich überhaupt mitnehmen? Du weißt, wie gefährlich Marvins Bande ist.»

«Chee», sagte Ann energisch, «wir haben einander versprochen, uns nie mehr zu trennen. Wenn du mich allein ließest... auch nur für einen Tag... ich könnte es nicht ertragen.»

Sie warf die Haare zurück und sah ihn an. Rasch nahm Chee ihre Hand und hob sie an die Lippen. Dann ging er schweigend mit ihr ins Haus.

Am Nachmittag nach Jakobs Beerdigung waren alle im Salon versammelt. Die Vorhänge waren zugezogen, dennoch war es unerträglich heiß. Frau Roland saß zusammengesunken in einem Sessel. Schweißperlen glänzten auf ihrer Stirn. Peter hatte seiner Mutter die Hand auf die Schulter gelegt und starrte ins Leere. Ann sah ihn an. Er hatte denselben dichten, blonden Haarschopf wie Jakob. Sein Gesicht, das früher rund und fröhlich gewesen war, schien jetzt einem anderen zu gehören.

«Seltsam, wie der Kummer einen Menschen so schnell verändern kann», dachte Ann. Sie schob einen Finger in den steifen Kragen, der sie am Hals drückte. War das eine Hitze!

Es war sehr still im Zimmer. Man hörte nur das leise Ticken der Wanduhr und das Klirren von Tante Adeles Stricknadeln. Nie sah man sie ohne Handarbeit. Sie war die einzige, der die Hitze nichts auszumachen schien. Ihr Gesicht war blaß, ein wenig spitz, und ihre Finger bewegten sich unglaublich flink.

Plötzlich ging die Tür auf. Chee stand auf der Schwelle. Er trug seine Lederjacke und hatte die Patronentasche und den Revolvergürtel umgeschnallt.

Alle sahen erstaunt auf. Frau Roland sprach als erste, in ihrer Stimme war eine Spur ihrer früheren Autorität.

«Was gibt's, Junge? Wohin willst du?»

«Ich werde Marvin suchen», antwortete Chee. «Ich nehme ihn gefangen und zwinge ihn, Ihnen die gestohlenen Pferde zurückzugeben.»

Peter sah erst seine Mutter und dann seinen Freund an. Dann sprang er auf.

«Donnerwetter, Chee! Ich komme mit! Wir werden diese stinkende Koyotenbande schon aufstöbern!»

Chee nickte. Es schien fast, als habe er diesen Vorschlag erwartet.

«Einverstanden.»

Er sah zu Ann hinüber. Das Mädchen lächelte ihn strahlend an.

«Ich hole schnell meine Sachen. Es dauert nur eine Minute.»

Tante Adele zuckte zusammen. Langsam legte sie ihr Strickzeug beiseite und stand auf.

«Annette, wo willst du hin?»

«Ich gehe mit den beiden. Sie brauchen mich.»

«Brauchen dich?!» Tante Adeles Stimme überschlug sich vor Zorn. «Ausgerechnet dich! Hast du den Kopf verloren?»

Ann wurde böse. Sie nahm den indianischen Anhänger und hielt ihn Tante Adele unter die Nase.

«Siehst du diesen Anhänger? Cochise, der Häuptling der Chiricahua-Apachen, hat ihn mir in der Nacht gegeben, als ich ihn aus dem Gefängnis befreite. Chee und Peter können die Banditen nicht allein überwältigen. Aber mit diesem Amulett kann ich einen ganzen Indianerstamm mobilisieren. Deshalb brauchen sie mich!»

Tante Adele war krebsrot geworden.

«Du... du hast diesen Wilden befreit!» Ihre Beine versagten, sie mußte sich setzen.

«Das ist nicht möglich!» flüsterte sie entsetzt. «Und ich habe mir soviel Mühe gegeben, eine Dame aus dir zu machen!»

«Vielleicht hatte ich keine Lust, eine Dame zu werden!» erwiderte Ann. Mit erhobenem Kopf ging sie an Tante Adele vorbei und lief in ihr Zimmer hinauf. Sie riß sich den steifen Kragen ab, knöpfte das Kleid auf, schleuderte die Stiefelchen in eine Ecke. Dann schlüpfte sie in Hose und Hemd und warf sich die Lederjacke über die Schultern. Rasch stopfte sie ein wenig Wäsche, einen Pullover und eine Decke in ihren Reisesack. Gleich darauf stürzte sie atemlos in den Salon.

«So, ich bin bereit!»

Sie trat zu Frau Roland.

«Machen Sie sich keine Sorgen! Wir bringen Ihnen diese Banditen an Händen und Füßen gefesselt.»

Zum erstenmal seit vielen Tagen lächelte Frau Roland. Mit ihrem gesunden Arm zog sie Ann an sich und küßte sie.

«Gott schütze dich! Wenn mein Arm nicht wäre, würde ich mitkommen!»

Ann sah schuldbewußt zu ihrer Tante hinüber. Sie bereute, daß sie vorhin so schroff gewesen war. Die alte Dame war ganz verstört vor Kummer und Angst.

«Tante Adele, ich...»

Tante Adele streckte den Arm aus und zeigte auf Chee.

«Annette: wenn du mit diesem Mann fortgehst, brauchst du nicht wiederzukommen. Überlege dir, was das bedeutet. Du verlierst alles, das Erbe deines Vaters, deinen guten Namen.»

Ann senkte den Kopf. Warum machte man es ihr so schwer? Leise sagte sie:

«Wie du willst, Tante Adele.»

Sie knickste wie ein wohlerzogenes kleines Mädchen und ging, ohne ein Wort zu sagen, hinaus. Sie schwankte unter dem Gewicht des Reisesackes auf ihren Schultern.

Sie stolperte die Stufen hinunter in den sonnenbeschienenen Hof. Vor lauter Tränen sah sie nichts mehr. Da griff eine Hand nach ihrem Reisesack und nahm ihn ihr von den Schultern. Ann sah zu Chee auf. Er nahm ihren Sack zu seinem eignene Gepäck und ging schweigend neben ihr her. Sie lächelte unter Tränen. Gleich darauf kam Peter, der sich noch von seiner Mutter verabschiedet hatte. Sie gingen zu den Pferden, ihre Schatten fielen schräg über den Hof.

12. KAPITEL

«Chee», sagte Peter, «von jetzt ab übernimmst du die Führung. Du kennst die Gegend wie deine Hosentasche.»

«Einverstanden», sagte Chee.

Sie hatten auf der Kuppe eines Hügels Rast gemacht. Bis zum Horizont erstreckte sich eine lange, felsige Bergkette, von weiten sandigen Ebenen unterbrochen, aus denen seltsam geformte, ocker- und korallenfarbige Felsklippen aufragten. Es war windig. Gelber Sand fegte über den Boden.

Chee kniete nieder und zeichnete einen Plan in den Sand.

«Hier sind wir jetzt. Dort beginnt Cochises Gebiet. Die Banditen werden es bestimmt meiden. Auf der anderen Seite liegt die mexikanische Wüste. In dieser Jahreszeit gibt es vierzig Meilen weit keine Wasserstelle. Es ist unmöglich, dort mit einer Pferdeherde durchzukommen. Ich vermute, daß Marvin versuchen wird, nach Phoenix zu reiten und die Pferde dort zu verkaufen. Sie müssen also die Piste nehmen, die am Fluß entlang führt.» Er zeigte auf einen Punkt in seinem Plan:

«Hier gibt es einen Engpaß, den man Apachenpaß nennt. Man braucht zwei Stunden, um durchzukommen. Die Stelle ist wie geschaffen für einen Überfall! Aber alleine schaffen wir es nie. Wir müssen Cochise um ein paar Krieger bitten.» Er schnitt eine Grimasse.

«Wenn ich mit einem solchen Anliegen zu ihm käme, würde er mich zur Strafe für meine Anmaßung an den Füßen aufhängen. Aber Ann kann es erreichen.»

Das Mädchen errötete vor Stolz.

«Wegen des unwegsamen Geländes und des Wassermangels brauchen die Banditen ungefähr eine Woche bis zum Apachenpaß», erklärte Chee. «Wir müssen ihnen zuvorkommen. Wenn wir eine Abkürzung durch die Berge nehmen, können wir morgen abend in Cochises Lager sein.»

Chee nahm seinen Dolch und steckte ihn in den Sand. Er blieb genau an der Stelle stehen, wo Chee den Engpaß eingezeichnet hatte.

«Hier werden wir den Mörder deines Bruders fangen, Peter!»

«Hoffentlich hast du recht!»

«Und jetzt vorwärts!» befahl Chee und zog den Dolch wieder aus der Erde. «Wir haben keine Minute zu verlieren.»

Sie ritten mehrere Stunden ohne zu rasten. Chee ließ die kleine Gruppe im gleichmäßigen, raschen Indianertrab reiten, der es geschickten Reitern ermöglicht, große Entfernungen zurückzulegen, ohne sich und die Pferde übermäßig zu ermüden. Die Sonne brannte, und der Boden war glühend heiß. Der Wind fegte Ann Sandkörner ins Gesicht. Sie schmerzten wie Nadelstiche. Ihr Hals tat weh, ihre Augen waren gerötet und tränten, aber sie ritt tapfer weiter.

Sie verließen das Tal und ritten am Osthang des Gebirges einen kaum noch erkennbaren Pfad hinauf. Mächtige Felsblöcke erinnerten an die Panzer von Riesenschildkröten. Ohne zu zögern ritt Chee sicher und ruhig durch das Felsenlabyrinth. Am Spätnachmittag legte sich der Wind, und man konnte endlich aufatmen! Die tiefstehende Sonne warf lange Schatten, die Luft war durchsichtig wie Kristall. Chee blieb stehen.

«Wir müssen Rauchzeichen geben, damit Cochises Späher wissen, daß wir als Freunde kommen.»

Er löste ein Reisigbündel vom Sattel, das er zu diesem Zweck mitgenommen hatte, und zündete ein Feuer an. Dann breitete er eine Decke über die Flammen und zog sie plötzlich zurück. Eine mächtige schwarze Rauchsäule erhob sich. Dies wiederholte er noch ein paarmal. Ann und Peter sahen ihm interessiert zu.

Dann löschte Chee das Feuer und trat die Glut mit dem Absatz aus.

«So, morgen früh machen wir das noch einmal.»

Sie mußten weiter. Ann strich mit der Hand über ihr schmutziges, schweißverklebtes Gesicht. Sie begann die Müdigkeit zu spüren, aber um keinen Preis hätte sie das zugegeben. Chee bemerkte es dennoch.

«Bald haben wir es geschafft, Ann! In einer Stunde geht die Sonne unter. Sobald es dunkel ist, rasten wir.»

Er reichte ihr die Feldflasche mit Wasser. Sie trank mit langen, durstigen Zügen, schwang sich in den Sattel und ritt neben Chee weiter.

«Ist dein Stamm immer noch mit Cochises Stamm verbündet?» fragte sie.

«Ja», antwortete Chee bitter. «Die White-Mountain-Apachen sind nur eine kleine Minderheit. Allein hätten sie überhaupt keine Chance zu überleben.»

«Dann werden wir Nona und Nah-lin wiedersehen! Ich freue mich darauf!» sagte Ann.

«Ja, und ich freue mich darauf, meine Mutter wiederzusehen, Ann. Ich habe seit über einem Jahr nichts mehr von ihr gehört. Wenn ihr nur nichts zugestoßen ist!»

«Sie wird sich wundern, wenn sie uns zusammen sieht!» lachte Ann. «Hoffentlich reagiert sie nicht wie Tante Adele!»

Chee lächelte.

«Nein. Sie wird uns verstehen.»

Peter hatte dem Gespräch zugehört.

«Und wer ist Nah-lin?» fragte er neugierig.

Ann und Chee wechselten einen Blick.

«Chees Jugendfreundin», erklärte Ann lächelnd. «Sie ist sehr hübsch. Einmal hätte sie mich fast getötet, aber dann haben wir uns versöhnt und sind gute Freundinnen geworden.»

«Dich fast getötet?» staunte Peter. «Donnerwetter, das scheint aber keine sehr gemütliche junge Dame zu sein!»

Chee lachte aus vollem Hals.

«Nun, sagen wir, sie ist ein wenig... impulsiv!»

Die untergehende Sonne färbte den Himmel rötlich und golden. Es wurde sehr schnell dunkel und kühl. Ann fror trotz des dicken Pullovers und der Lederjacke.

«Es ist Herbst, und die Nächte werden kälter», sagte Chee. «Etwa eine Viertelstunde von hier ist eine Grotte, dort könnten wir unterschlüpfen.»

Die Nacht war unheimlich klar. Die weißen Sandflächen zwischen den Felsen sahen aus wie Schnee.

Chee hielt sein Pferd an. Sie standen vor einer steilen Felswand. Im Halbdunkel konnte Ann am Fuß des Felsens deutlich eine dunkle Höhle erkennen.

«Da ist die Grotte», sagte Chee und sprang vom Pferd. «Wir wollen mal sehen, ob...»

Plötzlich bäumte sich Kiuw auf und wieherte vor Angst. Die anderen Pferde wichen verwirrt zurück und drängten sich aneinander.

«Vorsicht!» sagte Peter, «es sieht fast aus, als sei die Grotte bewohnt.»

Ann wurde es unbehaglich. Sie wußte, wieviele Fallen und unbekannte Gefahren die Wüste barg.

Chee hob einen trockenen Zweig auf und zündete ihn an. Vorsichtig ging er auf die Grotte zu. Plötzlich schwang er den brennenden Zweig über dem Kopf und schleuderte ihn gegen die Höhle. Ein wütendes Fauchen ertönte. Im Schein der Flammen sahen sie einen Luchs, der am Eingang der Höhle auf den Steinen kauerte. Seine Augen funkelten. Blitzschnell hob Peter sein Gewehr.

«Schieß nicht!» sagte Chee. «Er ist verwundet.»

Tatsächlich konnte sich das Tier nicht von der Stelle rühren. Es machte ein paar zuckende Bewegungen und fauchte.

Wieder zündete Chee eine Fackel an und hielt sie hoch. Jetzt sahen sie, daß ein langer Pfeil in der Seite des Luchses steckte. Die Hinterhand des Tieres war gelähmt, und es versuchte vergeblich, sich aufzurichten. Hilflos kratzten seine Krallen auf den Steinen.

«Das arme Tier!» sagte Ann.

«Mit diesem Pfeil im Leib kann es nicht mehr jagen», meinte Chee. «Es wird verhungern.»

«Besser, wir geben ihm den Gnadenschuß», schlug Peter vor und legte das Gewehr an.

Ann tat der Luchs leid.

«Können wir ihm denn gar nicht helfen?» fragte sie und sah Chee flehend an. Er lächelte.

«Wir können es wenigstens versuchen.»

Er nahm Peter das Gewehr ab und gab ihm die Fackel.

«Komm!»

Während Ann die Pferde beruhigte, kletterten Chee und Peter über die Steine zur Grotte. Der Luchs war immer noch in Angriffsstellung. Seine entblößten Fangzähne leuchteten in der Dunkelheit, aber er war so schwach, daß er kaum den Kopf zu heben vermochte. Chee konnte ganz nahe an ihn herangehen. Er hielt sich außerhalb der Reichweite der Krallen, schwang den Gewehrkolben und schlug ihn dem Luchs auf den Kopf. Lautlos brach das Tier zusammen.

«Hoffentlich habe ich ihm nicht den Schädel gebrochen», meinte er.

Ann kam schnell hinter den beiden hergelaufen, aber sie blieb vorsichtig in einiger Entfernung von dem Raubtier stehen. Geschickt tastete Chee den leblosen Körper ab.

«Der Pfeil hat kein lebenswichtiges Organ verletzt. Aber er blockiert das Hüftgelenk. Ann, leuchte mir, und du, Peter, halte ihm die Hinterpfoten fest!»

Während Peter den Luchs festhielt, packte Chee den Pfeil mit beiden Händen und zog ihn mit einer kräftigen Drehung heraus. Ein Blutstrahl floß aus der Wunde und befleckte das helle Fell.

«Ich habe es geschafft, ohne die Spitze abzubrechen!» sagte Chee befriedigt. «Wenn sich die Wunde nicht infiziert, hat er Chancen, durchzukommen.» Er faltete ein Taschentuch zusammen und drückte es auf die Wunde. Dann hob er den Luchs auf und legte ihn nicht weit von der Grotte auf die Erde.

«Man müßte ihm zu trinken geben. Aber wie?»

«Ich weiß, wie», sagte Peter. Er nahm seinen Hut ab und reichte ihn Ann.

«Wir können ihn mit Wasser füllen.»

«Wunderbar!» Ann lief zu den Pferden, holte die Feldflasche, goß das Wasser in den Hut und schob ihn dem Luchs unter die Schnauze. Lachend sah sie auf.

«Ich hätte mir auch nicht träumen lassen, daß ich eines Tages einen Luchs aufpäppeln würde!»

Unterdessen sattelte Chee die Pferde ab und band sie mit dem Rücken zum Wind fest.

«Sie könnten in Panik geraten, wenn sie das Raubtier riechen.»

Die Grotte war geräumig und noch warm von der Hitze des Tages. Seltsam geformte Stalaktiten hingen von der Decke herunter. Chee hatte ein Feuer gemacht, und die Flammen warfen rötliche Schatten an die Wand. Ann briet Speck und machte Kaffee für alle. Dann wickelten sie und Peter sich todmüde in ihre Decken. Chee übernahm die erste Wache. Ann sah seinen reglosen Umriß sich vom sternklaren Himmel abheben und fühlte sich seltsam geborgen.

Plötzlich fuhr sie auf: Jemand hatte sie wachgerüttelt. In der Dunkelheit sah sie Chee, der sich über sie beugte. Er hielt einen Finger an den Mund und winkte ihr, mitzukommen. Sie kroch zum Ausgang der Höhle.

«Schau», flüsterte Chee.

Der Luchs war wieder zu Bewußtsein gekommen. Er lag zusammengekauert und leckte seine Wunde. Dann roch er das Wasser, reckte mißtrauisch den Hals und begann dann laut und gierig zu schlürfen. Er schnaubte und versuchte aufzustehen. Ein paarmal knickten seine Beine unter ihm ein, aber schließlich schaffte er es doch. Langsam kroch er zwischen den Felsen davon und verschwand.

«Der wird wieder gesund», versicherte Chee. «Luchse sind zäh.»

«Danke, daß du ihm das Leben gerettet hast», sagte Ann.

Er lächelte und legte seinen Arm um ihre Schultern. Ann hätte ewig so sitzen können, in der Stille der Nacht, Chees Arm um ihre Schultern. Sie schloß müde die Augen und lehnte ihr Gesicht an seine Lederjacke. In der Gewißheit, daß er ihren Schlaf bewachte, schlummerte sie ein.

13. KAPITEL

Am frühen Morgen war es eisig kalt. Ann hatte den Jackenkragen hochgeschlagen und schlürfte ihren heißen Kaffee. Sie hüpfte von einem Fuß auf den anderen, um warm zu werden. Als endlich die Sonne aufging, waren sie schon eine ganze Weile unterwegs. Allmählich wurde es wärmer. Ann reckte sich im Sattel und ließ die Jacke von den Schultern gleiten. Jetzt fühlte sie sich schon viel besser. Ihre steifen Glieder wurden wieder geschmeidig, die Morgenluft prickelte auf der Haut, als habe sie das Gesicht in kaltes Wasser getaucht. Lachend drehte sie sich zu Peter um und erschrak über sein trauriges Gesicht. So war er jetzt immer.

Ann ritt zu Chee.

«Ich möchte Peter so gerne helfen», flüsterte sie. «Er ist so unglücklich.»

«Laß ihn!» antwortete Chee. «Du kannst ihm nicht helfen. Die Erinnerung an Jakob ist noch zu frisch.»

Die Sonne stieg immer höher, und bald wurde es sehr heiß. Jetzt waren sie mitten in indianischem Gebiet. Chee sprang vom Pferd und kletterte auf eine Anhöhe, um noch einmal Rauchsignale zu geben. Dann ritten sie weiter. Die Landschaft wirkte trostlos. Kein Geräusch war zu hören, außer den Pferdehufen auf dem steinigen Boden. Ann lief der Schweiß übers Gesicht.

Plötzlich merkte sie, daß Chee wachsam umherspähte. Er ließ Kiuw langsamer gehen und schien besorgt.

«Ist etwas nicht in Ordnung?» fragte Ann.

Chee hob die Hand. «Still! Hörst du nichts?»

Ann horchte gespannt. Sie hörte den schwachen Widerhall einer Detonation. Auch Peter hatte es gehört. Er runzelte die Stirn.

«Klingt nach Schießerei...»

«Das gefällt mir gar nicht», brummte Chee. «Wir sind hier in Cochises Gebiet. Kein Konvoi würde sich hierher wagen. Es sei denn...» Er gab plötzlich seinem Pferd die Sporen.

«Kommt!»

Sie ritten in raschem Tempo weiter. Weißliche Kalksteinfelsen und Geröllhalden lagen im grellen Sonnenlicht. Ann konnte den Pfad kaum erkennen, der sich durch das unebene Gelände schlängelte. Bald konnte man deutlich den Lärm der Schießerei und hin und wieder eine dumpfe Explosion hören, die von den Bergen widerhallte. Chee sprang vom Pferd und packte Kiuw am Zügel.

«Wir gehen besser zu Fuß weiter.»

Kurz darauf krachte es ganz in ihrer Nähe. Die Pferde bäumten sich vor Angst auf.

Peter hielt krampfhaft die Zügel und rief verblüfft:

«Haubitzen!»

«Ja», meinte Chee zornig, «die amerikanische Armee hat eine neue Methode, gegen die Apachen zu kämpfen. Wahrscheinlich steckt Cochise in diesem Augenblick die schlimmste Niederlage seines Lebens ein.»

Anns Herz krampfte sich vor Angst zusammen. Da hatten sie sich den richtigen Augenblick ausgesucht, um die Chiricahuas um Hilfe zu bitten!

Chee band schnell sein Pferd fest und gab Peter ein Zeichen.

«Komm, wir sehen einmal nach, was los ist! Du bleibst besser hier, Ann.»

Ann schüttelte energisch den Kopf.

«Nein, ich komme mit euch.»

Chee sah das entschlossene Gesicht des Mädchens und gab nach.

«Gut», sagte er, «vielleicht ist es besser, wenn wir alle zusammenbleiben.»

Geduckt schlichen sie zwischen den Steinen hindurch.

Bald kamen sie zu einer flachen Felsplatte, die über eine etwa dreißig Meter tiefe Schlucht ragte. Dort unten floß ein schmaler Bach. Die Vorhut der Amerikaner war in die Schlucht eingedrungen, um sich der Quelle zu bemächtigen, die für die Truppe lebenswichtig war, und Cochise hatte ihnen dort aufgelauert. Aus versteckten Schanzen, die sie in die Felswand gehauen hatten, schossen sie auf die Soldaten. Aber die Amerikaner hatten eine neue Waffe, die sie im Kampf gegen die Indianer noch nie verwendet hatten: zwei Gebirgshaubitzen. Sie waren gut versteckt in dem unebenen Gelände aufgestellt, und die Kanoniere begannen eben wieder zu schießen. Erschrocken sah Ann, wie die Granaten in einem roten Staubwirbel zwischen den Angreifern explodierten. Trotz der Entfernung sah sie, daß viele Indianer fielen. Zuerst waren die Apachen wie gelähmt vor Schreck über die unbekannte Waffe, aber dann faßten sie sich und leisteten tapfer Widerstand. Schüsse peitschten durch die Schlucht, Pulverdampf stieg am Rand der Felswand auf. Unter Feuerdeckung machte sich das Gros der amerikanischen Truppe daran, die Vorhut einzuholen. Wieder schossen die Haubitzen. Die Detonation zerriß die Luft wie ein Donnerschlag. Ann hielt es nicht mehr aus. Sie verbarg das Gesicht in den Händen. Der beißende Pulverdampf würgte sie. Sie mußte husten, und ihre Augen tränten. Die beiden Haubitzen schossen ununterbrochen. Der ganze Hang war mit Projektilen übersät.

Kurz darauf kamen die überlebenden Indianer verängstigt aus ihren Verstecken und flohen nach allen Richtungen. Eine dumpfe Stille lastete auf der Schlucht.

Ann hob langsam den Kopf. Sie verstand jetzt, was Chee meinte, wenn er sagte, die Indianer seien zum Aussterben verurteilt. Trotz ihres heldenhaften Mutes konnten sich die Apachen nicht gegen solche Waffen verteidigen.

Chee schwieg. Sein Gesicht drückte weder Empörung noch Erbitterung aus, nur unendlichen Überdruß. Peter beugte sich zu ihm und legte ihm die Hand auf die Schulter.

«Es tut mir furchtbar leid für dich, alter Freund...»

«Ach, laß nur!» sagte Chee, «ich habe schon andere Schlachten gesehen.»

Er sah, wie Ann gegen Übelkeit ankämpfte und stand plötzlich auf.

«Wir müssen fort.»

In diesem Augenblick ertönte eine Stimme hinter ihnen:

«Hände hoch, alle drei!»

Sie fuhren herum. Drei bärtige, schmutzige amerikanische Soldaten, wahrscheinlich Kundschafter, hielten sie in Schach. Sie wurden angeführt vom seltsamsten Wesen, das Ann je gesehen hatte. Es war ein dicker Indianer in einer viel zu engen Uniform und mit einem verbeulten Hut auf dem Kopf, den eine Adlerfeder schmückte. Ein rostiger Kavalleriesäbel baumelte an seiner Hüfte. Er kam drohend näher, die Hand am Abzug seines Gewehres. Der Säbel rasselte bei jedem Schritt.

«Nicht bewegen!» schrie er. «Ihr seid gefangen.»

«Was soll das heißen! Wieso denn?» rief Chee wütend.

Der Kerl plusterte sich auf.

«Ich bin Nächtlicher Wanderer, persönlicher Kundschafter von Kommandant McCoy. Ich bringe euch zu ihm.»

Ann wurde blaß. Kommandant McCoy, der Mann, der Cochise und seinen Sohn gefangengenommen hatte! Wenn er erfuhr, daß sie den Apachen zur Flucht verholfen hatte, war die Katastrophe da. Sie sah Chee erschrokken an. Er erriet ihre Gedanken.

«Keine Angst», beruhigte er sie leise. «Sie haben keine Beweise.»

«Du schweigst!» schrie ihn der Indianer an. Er trat zu Chee und Peter und nahm ihnen die Waffen ab. Mißtrauisch musterte er Chee:

«Bist du Indianer?»

Chee wandte verächtlich den Kopf und gab keine Antwort. Die Soldaten umringten sie. Vor allem Ann weckte ihre Neugier. Einer machte auf spanisch einen derben Scherz, und alle lachten. Chee stellte sich schützend neben das Mädchen.

«Ihr kommt jetzt mit!» befahl Nächtlicher Wanderer... «und keine Faxen, sonst...» Er hob drohend das Gewehr.

Zwischen den Kundschaftern, die sich auch der Pferde bemächtigt hatten, stiegen die jungen Leute den steilen Pfad zur Schlucht hinunter, wo die Truppe provisorisch ihr Lager aufgeschlagen hatte. Die Männer waren erschöpft vom Kampf und hatten Tornister und Waffen abgelegt. Sie füllten ihre Feldflaschen mit Wasser und ruhten sich im Schatten der Felsen aus. Viele waren verwundet, einige ziemlich schwer, und wurden von Sanitätern notdürftig behandelt. Für die Offiziere waren Zelte aufgestellt worden, man hatte ein Feuer gemacht, um Kaffee und Essen zu kochen. Als die drei jungen Leute mit vorgehaltenem Gewehr ins Lager geführt wurden, blickten die Soldaten neugierig auf. Ann wäre vor all diesen feindlichen Blicken am liebsten in den Erdboden versunken. Sie biß sich auf die Zähne und warf trotzig den Kopf zurück. Schließlich hatte sie sich nichts vorzuwerfen. Aber sie würden dem Kommandanten erklären müssen, wie sie in diese Gegend kamen, und das war nicht so einfach!

Nächtlicher Wanderer brachte die Gefangenen zu einem großen Zelt, das etwas abseits stand. Eine Wache stand in Habtachtstellung davor. Nächtlicher Wanderer sprach ein paar Worte, und der Wachsoldat verschwand im Zelt. Er kam gleich wieder zurück und winkte die jungen Leute herein. Nächtlicher Wanderer ging mit rasselndem Säbel vor den Gefangenen her in das dämmerige Zelt. Kommandant McCoy saß an einem Klapptisch und schrieb an seinem Rapport. Er war ein korpulenter Mann mit einem aufgedunsenen Gesicht und einem langen, blonden Schnurrbart, an dem er ununterbrochen kaute. Seine wässerig blauen Augen starrten die jungen Leute durchdringend an, als überlege er, ob er sie schon einmal gesehen hatte. Ihre Gesichter sagten ihm nichts, er schien enttäuscht. Dann blieb sein Blick auf Ann haften, und er fragte streng:

«Wer sind Sie, Miß, und wer sind diese beiden Männer?»

Ann lächelte krampfhaft und bemühte sich, unbefangen zu sein. Sie zeigte erst auf Peter und dann auf Chee:

«Nun, ...das ist mein Bruder, und das mein Vetter. Wir kommen von Tucson und wollten nach Tubac, wo wir eine Ranch haben...»

McCoys Gesicht wurde puterrot. Wütend sprang er auf und pflanzte sich vor den jungen Leuten auf.

«Nach Tubac? Und wie kommt ihr dann ausgerechnet in diese Gegend, mitten ins Apachengebiet?» höhnte er. «Ihr wißt so gut wie ich, daß der Weg nach Tubac viel weiter östlich verläuft.»

«Ich...» stammelte Ann, ganz aus der Fassung gebracht.

«Schluß jetzt!» schrie McCoy. «Ich habe keine Zeit, mir euer Geflunker anzuhören. Ich will wissen, weshalb ihr euch in den Jagdgründen des alten Cochise aufhaltet. Nun?... Habt Ihr die Sprache verloren?»

Plötzlich mischte sich Nächtlicher Wanderer ein. Er zeigte mit dem Finger auf Chee.

«Ein Apachenkundschafter, schlau wie ein Fuchs.»

Der Kommandant musterte Chee.

«Bist du Indianer?» fragte er grob. «Los, rede!»

Chee schwieg und senkte so langsam und abweisend die Augen, daß es beleidigend wirkte.

«Mischling! Dachte ich's mir doch!» brummte McCoy verächtlich. «Ihr Märchen von der Verwandtschaft hält leider nicht stand», meinte er höhnisch zu Ann. Dann wandte er sich an Peter.

«He du!» sagte er barsch. «Wie heißt du?»

Entrüstet sah ihn Peter an.

«Ich bin Zivilist. Sie haben kein Recht, in diesem Ton mit mir zu sprechen!»

Der Kommandant blickte wieder zu Ann und meinte spöttisch:

«Mein Kompliment, junge Dame. Sie haben sich einen feinen Umgang ausgesucht!»

«Lassen Sie uns fort! Wir haben nichts Böses getan!» bat Ann.

Ohne zu antworten, zog McCoy eine Zigarre aus der Tasche, zündete sie umständlich an und blies Ann den Rauch ins Gesicht. Nachdenklich sagte er:

«In der Kaserne gehen seltsame Gerüchte um... Es wird erzählt, am Abend vor Cochises Flucht habe sich ein blondes Mädchen beim Gefängnis und den Armeebaracken herumgetrieben...»

Ann stockte der Atem, und ihre Knie wurden weich. Aber sie nahm sich zusammen.

McCoy sog an seiner Zigarre und fuhr fort:

«Als das Feuer im Gefängnis ausbrach, hat einer meiner Männer, ein Sergeant, das junge Mädchen angeblich in dem Komplizen erkannt, der den Apachen bei der Flucht half. Ich habe zwar dieser Geschichte keinen Glauben geschenkt, aber...»

Er hielt inne und sah Ann drohend an. Sie nahm all ihre Kraft zusammen, um gleichgültig zu erscheinen. Aber sie war blaß geworden.

«Na?» brüllte McCoy plötzlich. «Was haben Sie darauf zu antworten?»

Ann fuhr sich mit der Zunge über die Lippen.

«Ich... ich weiß nicht, wovon Sie sprechen...»

«Sie gehen etwas zu weit mit Ihren Behauptungen», fuhr Chee dazwischen. «Diese Geschichte ist Unsinn!»

Jetzt mischte sich Nächtlicher Wanderer wieder ein. Er trat zu Ann, packte grob den Anhänger, den sie um den Hals trug, und zeigte ihn dem Kommandanten.

«Dieser Schmuck gehört dem Apachenhäuptling! Fragen Sie das weiße Mädchen, warum es das Amulett trägt.»

«Nicht nötig», sagte McCoy. «Ich erkenne den Schmuck. Cochise trug ihn, als ich ihn gefangennahm.»

Alle schwiegen. Chee sah Nächtlichen Wanderer an.

«Verräter!» zischte er ihm zu.

Das Spiel war verloren. Ann war auf einen Wutausbruch, ja sogar auf Schläge gefaßt. Aber als guter Soldat wußte sich McCoy zu beherrschen. Er drehte ihnen einfach den Rücken zu, setzte sich an den Klapptisch und schrieb weiter an seinem Rapport, als ob nichts geschehen wäre.

«Ich kann meine Zeit nicht mit diesem Gesindel vergeuden», sagte er kalt. «Der Gerichtshof von Tucson wird sich damit beschäftigen. Nächtlicher Wanderer, du bist persönlich für die Gefangenen verantwortlich.»

Der Späher errötete vor Stolz. «Jawohl, Kommandant! Zu Befehl!» Er salutierte und führte die jungen Leute hinaus.

14. KAPITEL

Als sie aus dem Zelt des Kommandanten kamen, lag die Schlucht im grellen Sonnenlicht. Sie blinzelten. Nächtlicher Wanderer stieß ihnen sein Gewehr zwischen die Rippen und zwang sie, weiterzugehen. Ann klammerte sich verzweifelt an Chees Arm. «Was sollen wir bloß tun?» dachte sie. Sie sah sich schon vom Kriegsgericht vor aller Welt als gemeine Verbrecherin verurteilt. «Was wird Tante Adele denken? Jetzt kann sie mit Recht sagen, ich brächte der Familie nur Schande.»

Sie sah Chee an. Sein Gesicht war völlig ausdruckslos, aber Ann spürte, daß auch er Angst hatte. Sie erschrak. Wenn Chee keinen Ausweg fand, wer sollte ihnen dann helfen?

Inzwischen hatte sich die Nachricht, daß Ann den Apachen zur Flucht verholfen hatte, wie ein Lauffeuer im Lager verbreitet. Die Soldaten kamen von allen Seiten herbeigelaufen und umringten die Gefangenen. Man überschüttete sie mit Flüchen und Beschimpfungen. Ein junger Mann in verschwitzter Uniform schrie:

«Die Indianer haben meine ganze Familie umgebracht, und diese dreckige Verräterin hilft ihnen noch!»

Er hob einen Stein und schleuderte ihn nach Ann. In letzter Sekunde konnte ihn Chee mit der Hand abwenden, so daß er nur Anns Schulter streifte, aber es tat ihr trotzdem weh.

«Feigling!» schrie Peter und wollte sich auf den Soldaten stürzen.

«Halte dein Maul!» befahl Nächtlicher Wanderer und trat ihm in den Weg. Ungerührt schob er sie durch den Tumult und führte sie zu einem Planwagen, in dem die Vorratskisten aufbewahrt wurden. Dort nahm er ein Lasso und band ihnen sorgfältig die Hände auf dem Rücken zusammen.

«Du könntest wenigstens dem Mädchen die Fesseln ersparen!» protestierte Peter, als Nächtlicher Wanderer sich anschickte, Ann die Hände zusammenzubinden.

«Das weiße Mädchen ist sehr gefährlich», entgegnete der Indianer streng. Er zog die Fesseln so stark an, daß der Strick in Anns Handgelenk einschnitt. Sie lag auf dem Bretterboden zwischen den Kisten und versuchte, sich zu entspannen, um die Schmerzen besser zu ertragen. Aber als Nächtlicher Wanderer die Plane herunterzog und sie in der stickigen Dunkelheit allein ließ, als von draußen die Beschimpfungen der Soldaten hereindrangen, da konnte sie nur mit großer Mühe ihre Tränen zurückhalten.

«Jetzt sitzen wir schön in der Patsche!» schimpfte Peter und zerrte wütend an seinen Fesseln, aber er schürfte sich dabei nur die Haut auf.

Chee schwieg schon eine ganze Weile. Als er endlich sprach, klang seine Stimme ebenso ruhig und beherrscht wie immer. Ann schöpfte neuen Mut.

«Wir müssen hier fort», sagte Chee. «Ann ist in großer Gefahr. Die Bevölkerung von Tucson ist so gegen die Indianer aufgebracht, daß sie Ann vielleicht lynchen würden, nur weil sie den Apachen geholfen hat.»

«Sollen wir vielleicht mit gefesselten Händen fliehen?» knirschte Peter.

Chee wies mit dem Kopf auf die Kiste, an die er sich lehnte.

«Da steht ein Nagel vor. Wenn es mir gelingt, ihn zwischen meine Handgelenke zu schieben, kann ich den Strick durchscheuern. Aber wir müssen warten, bis es Nacht wird.»

«Glaubst du wirklich, du würdest es schaffen?» fragte Ann mit zitternder Stimme.

«Ich muß es schaffen», antwortete Chee ruhig.

Stunden vergingen. Es war drückend heiß in dem Wagen. Ann hatte bald solchen Durst, daß sie kaum noch die Lippen bewegen konnte. Ihre Hände juckten unerträglich.

«Hab keine Angst, Ann!» flüsterte Chee. «Bald sind wir frei...»

Ann versuchte zu lächeln, aber was dabei herauskam, war eher eine Grimasse. Alles tat ihr weh. Und dieser entsetzliche Durst...

Nach Sonnenuntergang hob Nächtlicher Wanderer die Plane und schlüpfte herein.

«Hör mal!» rief Peter, «ich denke, wir haben das Recht, etwas zu trinken zu bekommen. Die junge Dame ist am Ende ihrer Kraft.»

Nächtlicher Wanderer grinste hämisch.

«Ihr braucht kein Wasser!»

«Wenn ich jemals hier rauskomme, dann verpasse ich dir die beste Abreibung deines Lebens, das verspreche ich dir!»

Nächtlicher Wanderer bückte sich und kontrollierte die Fesseln der Gefangenen.

«Wenn du Nächtlichem Wanderer etwas tust, kommst du vors Kriegsgericht. Nächtlicher Wanderer ist persönlicher Kundschafter von Kommandant McCoy.»

«Schon gut! Das wissen wir!» sagte Peter angeekelt.

«Versucht nicht zu fliehen», fuhr der Indianer fort. «Ich bewache euch die ganze Nacht.»

Er kletterte rücksichtslos über die Gefangenen und verließ den Wagen. Ann stützte sich auf die schmerzenden Ellbogen.

«Dieser gemeine Kerl!» zischte sie.

Die Soldaten hatten sich um die Lagerfeuer versammelt. Ann sah den roten Widerschein der Flammen auf der Wagenplane. Man hörte ihre Gespräche, ihre Scherze. Hin und wieder stöhnte ein Verwundeter.

Chee lehnte mit dem Rücken gegen die Kiste. Er hob die gefesselten Hände und begann geduldig, den Strick gegen den Nagel zu reiben. Die Zeit verstrich. Draußen wurde es still. Die Soldaten schliefen. Auf dem Kutschbock vor der hellen Plane zeichnete sich der Schatten einer unbeweglichen Gestalt ab. Es war Nächtlicher Wanderer.

Ann hörte neben sich Chees keuchenden Atem.

«Geht es vorwärts?» fragte sie leise.

«Ich hoffe! Dieser Strick ist verdammt stark.»

Von dem Reiben waren seine Handgelenke aufgeschürft, und das Blut rann ihm über die Finger. Chee achtete nicht auf die Schmerzen und rieb unermüdlich weiter, bis er spürte, daß der Strick nachgab. Er nahm alle Kraft zusammen und riß das Seil mit einem heftigen Ruck entzwei. Ann unterdrückte einen Freudenschrei. Rasch warf Chee seine Fesseln ab. Seine Hände waren ganz steif, aber er kümmerte sich nicht darum. Er kroch erst zu Ann, dann zu Peter und band beide los. Ann hatte gar kein Gefühl mehr in den Händen. Als das Blut wieder zu zirkulieren begann, tat es so weh, daß sie sich auf die Lippen beißen mußte, um nicht laut aufzuschreien.

«Das geht gleich vorüber», flüsterte Chee.

Er nahm Anns Hände und rieb sie kräftig. Allmählich ließ der Schmerz nach, und sie konnte ihre Finger wieder bewegen. Chee nahm ein Ende des Strickes und knüpfte eine Schlinge. Er prüfte, ob der Knoten hielt.

«Jetzt kommst du dran, Ann! Ruf den Nächtlichen Wanderer, schreie, weine oder tu sonst irgendetwas!»

Ann war so verängstigt und erschöpft, daß sie fast froh war, endlich laut weinen und jammern zu dürfen.

Sie sahen, wie sich die Gestalt auf dem Kutschbock bewegte. Dann hob sich die Wagenplane.

«Sei still!» befahl Nächtlicher Wanderer ärgerlich. Er kniff die Augen zusammen, um in dem dunklen Wagen besser zu sehen.

«Es tut so weh!» stöhnte Ann. «Ich kann es nicht mehr aushalten! Binde mich los, nur für ein paar Minuten!...»

«Das weiße Mädchen muß lernen, Schmerzen zu ertragen», antwortete Nächtlicher Wanderer ungerührt. «Das weiße Mädchen hat kein Recht...»

Er kam nicht weiter. Blitzschnell hatte sich Chee auf ihn geworfen und ihm die Schlinge über den Kopf geworfen. Der Strick schnürte dem Indianer die Luft ab. Er stürzte kopfvoran in den Wagen.

«Gut!» flüsterte Peter triumphierend. «Ich hatte dir doch eine kleine Abreibung versprochen!»

Nach einem kurzen Handgemenge gab Nächtlicher Wanderer jeden Widerstand auf. Peter hielt ihm die Hände auf den Rücken, während Chee ihm den Dolch abnahm, den Säbel losschnallte und das Gewehr aufhob, das der Indianer beim Sturz hatte fallen lassen.

«So, mein Freundchen! Jetzt führst du uns zu den Pferden, und zwar ohne Mucks, sonst machen wir kurzen Prozeß mit dir! Peter, feßle ihn!»

Das tat Peter mit Vergnügen. Dann packte er den Indianer am Kragen und stellte ihn auf die Beine. Chee stieß ihm das Gewehr zwischen die Rippen.

«Vorwärts! Und du meidest die Wachen, verstanden! Wenn jemand im Lager aufwacht, jage ich dir eine Kugel durch den Schädel!»

Nächtlicher Wanderer stolperte zur Plane und sprang vom Wagen; Chee ging dicht hinter ihm her, den Finger am Abzug des Gewehres.

Schweigend schlich die kleine Gruppe durchs Lager. Die Soldaten schliefen, in ihre Decken gehüllt. Im Zelt, in dem die Verwundeten untergebracht waren, brannte eine Petroleumlampe, aber sie begegneten niemandem. Nächtlicher Wanderer ging gefügig wie eine Marionette weiter. Nach wenigen Minuten waren sie an der Stelle, wo die Pferde angebunden waren. Während Chee den Gefangenen bewachte, banden Peter und Ann rasch die Tiere los.

«Nehmt noch ein Perd», riet Chee. «Wir nehmen den Kerl mit.»

Nächtlicher Wanderer zuckte zusammen. Chee stieß ihm das Gewehr in den Rücken.

«Ein Ton, und du bist tot!»

Sie führten die Pferde ein Stück vom Lager fort und saßen erst dann auf. Chee hielt das Pferd des Nächtlichen Wanderers am Zügel und zog es hinter sich her. Ann und Peter bildeten die Nachhut. Ann konnte es noch gar nicht recht fassen, daß sie wieder frei waren. Das Abenteuer in McCoys Lager kam ihr vor wie ein Alptraum. Aber noch waren sie nicht außer Gefahr, noch konnte eine Wache sie entdecken. Sie gaben den Pferden die Sporen und galoppierten rasch davon. Hintereinander stürmten sie einen steilen, von Gestrüpp überwucherten Hang hinauf und preschten dann über die Hochebene davon.

Im Morgengrauen gab Chee endlich das Zeichen zum Halten. Die Sonne ging gerade auf.

«In ein paar Stunden sind wir in Cochises Lager», sagte Chee.

Nächtlicher Wanderer zuckte zusammen und wurde ganz klein. Wortreich redete er in Apachensprache auf Chee ein.

«Was sagt er?» wollte Peter wissen.

Chee zuckte die Achseln.

«Er fleht mich an, ihn nicht zu Cochise zu bringen. Er weiß nur zu gut, was Verräter erwartet.»

«Wirklich?» grinste Peter. «Was macht man mit ihnen?»

«Man gräbt sie bis zum Hals ein und läßt sie sterben.»

Trotz ihrem Zorn auf den Nächtlichen Wanderer verspürte Ann Mitleid.

«Strafe hat er wirklich verdient. Aber erspare ihm das. Das ist zu grausam!»

«Keine Angst», beruhigte sie Chee. «Ich strafe ihn auf meine Art.»

Er sprang vom Pferd, ging zum Nächtlichen Wanderer, der wie ein Kleiesack im Sattel hing, und zog ihm die Mokassins von den Füßen. Dann hieß er ihn absteigen und schnitt mit dem Dolch seine Fesseln durch.

«Du bist frei!» sagte er. «Aber ich behalte deine Mokassins.»

Der Indianer sah ihn ungläubig an. Dann stammelte er: «Warum tötest du mich nicht?»

Chee machte eine ungeduldige Handbewegung.

«Mach, daß du fortkommst, ehe ich es mir anders überlege!»

Nächtlicher Wanderer ließ sich das nicht zweimal sagen. Er humpelte davon, so schnell das auf dem steinigen, mit Kakteen bewachsenen Boden möglich war. Selbst für einen Indianer mit abgehärteten Fußsohlen mußte es eine Qual sein, auf diesem Boden kilometerweit zu gehen.

«Der Arme!» sagte Ann halb lachend, halb mitleidig. «Der wird lange brauchen, bis er beim Kommandanten ist!»

«Allerdings!» meinte Peter fröhlich. «Ich würde zu gerne sehen, was McCoy für ein Gesicht macht!»

Chee lachte aus vollem Hals und stieg in den Sattel. «Los! Wir haben schon genug Zeit verloren!»

15. KAPITEL

Sie waren jetzt tief im Indianergebiet. Die schweißgebadeten Pferde zitterten. Ann rutschte unruhig auf dem Sattel hin und her. Sie kannte dieses Gefühl: Es war, als ob ihre kleinsten Bewegungen von unsichtbaren Augen verfolgt würden.

Chee machte noch einmal Halt. Er zündete ein Feuer an und gab Rauchsignale.

«Die Apachen haben eine furchtbare Niederlage erlitten», erklärte er, als Peter sich über seine Vorsicht wunderte. Er zeigte auf die Felswände rundum. «Du kannst sicher sein, daß hinter jedem Stein ein schußbereiter Apache lauert. Mit den Rauchsignalen versuche ich ihre Neugier zu wecken, damit sie uns nicht niederknallen, ehe sie wissen, weshalb wir kommen.»

«Verflucht!» brummte Peter und kratzte sich am Kopf. «Dich kennen sie doch. Dir werden sie doch nichts tun.»

«Vergiß nicht, daß ich ein Mischling bin», sagte Chee bitter. «Woher sollen sie wissen, auf welcher Seite ich stehe?»

Sie stiegen wieder auf und ritten weiter. Die Berge rückten immer näher; schließlich mündete die Ebene in ein enges Tal, durch das ein schmales Flüßchen rann. Steile Felswände ragten zu beiden Seiten auf. Dorthin hatte Cochise seine Leute nach der gestrigen Niederlage geführt. Das Lager war sehr provisorisch. Sie hatten noch nicht einmal die Hütten fertiggebaut.

Anns Herz klopfte wild. Ein Indianerlager! Sie atmete den vertrauten Geruch nach Rauch, Leder und trockenem Reisig, das die Indianer zum Bau ihrer Hütten verwenden. «Diese Leute sind imstande, uns zu töten», dachte sie verwundert, «und doch habe ich das Gefühl, ich sei hier zu Hause.»

Die Chiricahuas ließen ihre Arbeit liegen und umringten die Reisenden. Ann sah in feindselige, mißtrauische oder auch nur gleichgültige Gesichter. Niemand sprach. Selbst die Kinder schwiegen. Die Männer waren fast alle bewaffnet. Die Frauen in den weiten bunten

Baumwollröcken hielten sich etwas abseits. «Irgend etwas ist anders geworden...» dachte Ann. «Aber was?»

Plötzlich begriff sie: die Indianer hatten sich verändert. Die meisten sahen entsetzlich mager und ausgemergelt aus. Die Kinder hatten aufgeblähte Bäuche und fiebrige Augen.

Die Apachen waren inzwischen zu schwach, um ihre fruchtbaren Jagdgründe in der Ebene gegen die amerikanischen Truppen zu verteidigen, und hatten sich in die Berge zurückziehen müssen, wo es nur wenig Wild gab und kaum etwas wuchs. Hier verhungerten sie langsam.

Ann sah Chee an, der dicht neben ihr ritt, und spürte, daß ihn dieselben Gedanken bedrückten wie sie. «Wir hätten uns den weiten Ritt sparen können», dachte sie verzweifelt. «Cochise kann und wird uns nicht helfen.»

Als sie mitten im Lager waren, sprang Chee vom Pferd. Peter und Ann taten es ihm nach. Ein hochgewachsener Indianer schritt durch die Menge, die ihm ehrerbietig Platz machte. Er war so mager, daß sich die Haut wie Leder über seine Knochen spannte. Er trug eine Art Lendenschurz und Mokassins, die bis zu den Knien hinauf eng geschnürt waren. Ein mit silbernen Amuletten verziertes Band hielt sein graumeliertes Haar zusammen. Ann erkannte Cochise. Sie lächelte ihn an.

«Sei gegrüßt!» rief sie in die feierliche Stille hinein.

Für einen Augenblick leuchteten Cochises Augen auf. Aber sein abgezehrtes Gesicht blieb ausdruckslos.

«Goldhaar und ihre Gefährten sind uns willkommen», sagte er. «Ruht euch erst einmal aus. Wir sprechen uns später.»

Er wandte sich ab, ohne durch ein Wort oder eine Geste anzudeuten, daß er Chee erkannt hatte. Als ob die Indianer nur darauf gewartet hätten, zerstreuten sie sich schnell und nahmen ihre Arbeit wieder auf.

Verwundert sah Ann Chee an.

«Ist das alles?»

Er lächelte über ihr fassungsloses Gesicht.

«Er freut sich, dich wiederzusehen, aber er würde das nie zeigen.»

«Das war Cochise?» fragte Peter und starrte ihm nach. «Er hat eigenartige Augen. Für einen Augenblick hatte ich das Gefühl, als könne er jeden meiner Gedanken lesen.»

«Cochise ist klug und verfügt über sehr viel Menschenkenntnis», antwortete Chee. «Er ist nicht umsonst der oberste Häuptling aller Apachen.»

Seine Stimme klang stolz, aber nach einer Weile fügte er bitter hinzu:

«Und gerade deshalb weiß er auch, daß der Kampf vergeblich ist. Die Apachen sind zum Untergang verurteilt.»

«Chee!» rief eine Frauenstimme hinter ihm.

Chee fuhr herum. Nona, seine Mutter, stand vor ihm. «Wie alt sie geworden ist», dachte Ann. Sie hatte Nona als stattliche Frau in Erinnerung und war verwundert, wie abgemagert und zerbrechlich sie jetzt aussah.

Nona legte die Hände auf die Schultern ihres Sohnes und betrachtete ihn zärtlich.

«Deine Augen sind ruhig, und du lächelst wieder. Als du damals fortgingst, hatte ich Angst um dich. Wie oft habe ich zum Großen Geist gebetet, er möge dir Frieden schenken.»

«Mutter», sagte Chee leise. «Ich habe dir Ann mitgebracht. Wir wollen heiraten, sobald wir zu den Amerikanern zurückkehren.»

Nona sah das Mädchen lange an, ohne etwas zu sagen. Dann lächelte sie. Sie legte Anns und Chees Hände zusammen.

«Gott hat euch zusammengeführt. Wenn es sein Wille ist, werdet ihr immer zusammen bleiben.»

Chee beugte sich zu seiner Mutter herab. Nona umarmte ihn und zog seinen Kopf an ihre Brust. Dann machte sie sich sanft los und sah Peter an, der etwas abseits stand und verlegen zu Boden blickte.

«Das ist mein Freund Peter», stellte Chee vor. «Eigentlich sind wir seinetwegen hier. Er braucht unsere Hilfe.»

Nona nickte ihm freundlich zu und sagte dann:

«Kommt mit! Ihr seid sicher müde. Meine Hütte ist zwar noch nicht fertig, und ich kann euch nichts zu essen anbieten, aber in den Krügen ist frisches Wasser, und ihr könnt euch ein wenig ausruhen.»

«Machen Sie sich keine Gedanken», sagte Peter. «Wir haben Proviant mitgebracht.» Er ging zu den Pferden und band die Säcke los, in denen sie Dörrfleisch, Mais und Kaffee aufbewahrten. Zerlumpte Kinder drängten sich herbei und beobachteten ihn schweigend. Peter sah ihre mageren Gesichter, die fiebrigen Augen. Nach kurzem Zögern wandte er sich an eine Frau mit einem Baby auf dem Arm, die in der Nähe stand. Er reichte zwei der Säcke mit Vorräten.

«Hier! Gebt den Kindern davon zu essen.»

Die Hütte, in die sie Chees Mutter führte, bestand vorläufig nur aus einem Reisiggeflecht. Nona breitete eine rot und schwarz gemusterte Decke auf der Erde aus und bat die jungen Leute, sich zu setzen. Mit wenigen Worten berichtete Chee, was geschehen war.

«Ich bin schuld an Jakobs Tod», schloß er. «Ich muß den Mörder finden und ihn der Polizei ausliefern.»

Nona schloß müde die Augen.

«Immer Krieg, immer Haß!» seufzte sie. «Wann werden die Menschen endlich lernen, in Frieden zu leben!»

Sie warf eine Handvoll Reisig ins Feuer. Ihre Bewegungen waren ruhig und gemessen. Je länger Ann sie ansah, desto deutlicher wurde die Ähnlichkeit mit Chee – vor allem ihre Ruhe und das zögernde Lächeln.

«Ich weiß nicht, ob Cochise euch helfen kann», sagte Chees Mutter nach einer Weile. «So viele Krieger sind gestern und in den letzten Wochen gefallen. Die Frauen sind in Trauer, und wir wissen nicht, wie wir uns jetzt gegen die Amerikaner verteidigen sollen.»

Sie drehte sich plötzlich um. Draußen waren Schritte zu hören, dann stand ein Mädchen auf der Schwelle der Hütte. Sie mußte gerannt sein, denn sie war noch ganz außer Atem. Ihr glänzendes, schwarzes Haar fiel in zwei dicken Zöpfen bis auf die Hüften herab. Unter dem Arm trug sie einen Korb mit Beeren, die sie wohl in den Bergen gepflückt hatte; ihre Arme und Beine waren ganz von Dornen zerkratzt.

Chee und Ann sprangen auf.

«Nah-lin!»

Nona lächelte.

«Nah-lin lebt jetzt bei mir. Ich habe mir schon immer eine Tochter gewünscht.»

«Chee... Goldhaar!» rief Nah-lin, und ihre Augen strahlten vor Freude.

Sie stellte ihren Korb ab und redete lange in Apachensprache auf Chee ein.

«Was hat sie gesagt?» fragte Ann.

«Sie wollte wissen, wie ich dich wieder gefunden habe, und ich habe ihr erzählt, daß nicht ich, sondern du es warst, die mich gesucht und gefunden hat.»

Nah-lin umarmte Ann stürmisch. Auch ihr sah man die Entbehrungen der letzten Monate an. Ihre schmale Nase wirkte spitz, und sie hatte dunkle Ringe unter den Augen. Das mit Fransen und kupfernen Amuletten besetzte Ledergewand schlotterte um ihren mageren Körper. Peter mußte sie immer wieder ansehen. Sie kam ihm so unendlich zart und zerbrechlich vor.

Nah-lins Blick begegnete dem des jungen Mannes. Neugierig fragte sie Ann in ihrem holprigen Englisch:

«Er gleiches Haar wie du. Er dein Bruder?»

Ann schüttelte lachend den Kopf.

«Nein, das ist Chees Freund Peter.»

«Peter», Nah-lin hatte Mühe, den Namen auszusprechen.

Mit einer graziösen Bewegung setzte sie sich neben den jungen Mann. Dann griff sie in den Korb, nahm eine Handvoll Beeren und reichte sie ihm.

«Nimm!» sagte sie ernst. «Du sicher Hunger. Unsere Jäger viele Tage kein Fleisch heimgebracht.»

Peter sah sie gerührt an.

«Ich... ich möchte sie dir nicht wegnehmen», sagte er leise. «Du bist sicher hungriger als ich.»

«Nimm nur!» drängte sie lächelnd.

Gegen Abend kam ein Indianer in die Hütte und sagte, Cochise wolle die Fremden jetzt sprechen. Chee legte Ann die Hand auf die Schultern.

«Es ist soweit, Ann. Sage Cochise offen, was du von ihm willst. Wenn er kann, wird er uns helfen.»

Ann schlug das Herz bis zum Hals, und ihre Hände waren feucht vor Aufregung.

«Ich... ich weiß nicht, was ich sagen soll.»

Ann war sonst nicht auf den Mund gefallen. Aber Cochise war eine so außergewöhnliche Persönlichkeit, daß niemand sich ihm ohne Scheu näherte. Auch Chee ging es so, und er verstand daher Ann gut.

«Du darfst keine Angst haben», ermunterte er sie. «Sei natürlich und offen, dann geht alles gut.»

Der Indianer führte sie zur Hütte des Häuptlings. Sie war etwas größer als die anderen und lag in der Mitte des Lagers. Die Apachen beachteten sie nicht, das was ihre Art, die Anwesenheit der Fremden gutzuheißen. Immerhin hatte sich Peter die Sympathie aller erobert, weil er den Kindern zu essen gegeben hatte. Die Frauen, die vor den Hütten arbeiteten und sich zum Zeichen der Trauer das Haar kurz geschnitten und alle roten Verzierungen von ihren Kleidern entfernt hatten, blickten ihm nach. Eine Horde Kinder folgte ihm. Peter bückte sich plötzlich, nahm einen kleinen Indianer auf die Arme und wirbelte ihn einmal herum. Wie ein Spatzenschwarm stoben die Kinder lachend nach allen Richtungen auseinander.

Peter drehte sich zu Chee um und sagte:

«Wenigstens die Kinder sind überall gleich...»

Nona und Nah-lin standen vor der Hütte und sahen ihnen nach. Das Mädchen errötete.

«Mutter», sagte sie leise. «Als Chee mir eine andere vorzog, war ich traurig und einsam. Aber seit der junge Fremde mit mir gesprochen hat, ist plötzlich alles anders. Ich bin so glücklich. Aber gleichzeitig habe ich Angst vor dem Augenblick, da er wieder davonreiten wird.»

«Schweig!» sagte Nona erschreckt. «Schweig, du redest Unsinn!»

16. KAPITEL

Stehend erwartete sie Cochise in seiner Hütte. Sein Sohn Tahzay stand neben ihm. Auch er war erschreckend mager, seine Backenknochen standen hervor, und er glich seinem Vater noch mehr als früher. Wenn er sich freute, Chee und Ann wiederzusehen, so verriet er das mit keinem Zeichen.

Schweigend ließ sich Cochise auf den Decken nieder, die den Boden bedeckten, und forderte seine Gäste mit einer Handbewegung auf, sich zu setzen. Außer dem leisen Knistern der Fackel war kein Laut zu hören.

Endlich sagte Cochise: «Vor vielen Monden hat Goldhaar Tahzay und seinem Bruder Nachise das Leben gerettet. Der Häuptling der Apachen verdankt ihr seine Flucht aus dem Gefängnis. Goldhaar trägt den Türkisvogel als Pfand seiner Dankbarkeit. Sie mag sprechen.»

Er verschränkte die Arme und wartete. Ann wunderte sich, welche Autorität der Mann ausstrahlte und welches fast väterliche Verständnis. Sie erinnerte sich an Chees Worte: «Für Cochise sind wir nur unwissende Kinder.»

«Wir möchten dich um Hilfe bitten», begann sie. «Das ist unser Freund Peter. Banditen haben seinen Hof überfallen, seinen jüngeren Bruder getötet und den einzigen Besitz der Familie, eine Pferdeherde, gestohlen. Die Banditen sind auf dem Weg nach Phoenix, um die gestohlenen Pferde zu verkaufen. Wir wollen ihnen am Apachenpaß auflauern. Aber allein sind wir zu schwach. Ohne die Unterstützung deiner Krieger kann der Überfall nicht gelingen.»

Ann hielt inne, ihr Mund war ganz trocken. Gott sei Dank! Das Schlimmste war heraus. Hoffentlich würde ihr Cochise diese Bitte nicht übelnehmen. Sein unbewegliches Gesicht verriet ihr nichts. Ann sah schnell Chee an, aber auch er verzog keine Miene.

Es schien ihr eine Ewigkeit zu dauern, ehe Cochise antwortete.

«Die Weißen sind unsere Feinde. Sie lügen und legen Meineide ab. Sie schließen Verträge mit uns, aber sie halten sie nicht. Tag für Tag werden es mehr. Sie sind in die Jagdgründe unserer Vorfahren eingedrungen und zwingen uns, in den Bergen zu verhungern. Wenn wir uns dagegen wehren, töten sie uns mit ihren Gewehren und Kanonen.»

Er beugte sich plötzlich vor und fragte Ann scharf: «Weshalb sollte ich da den Weißen helfen?»

Ann senkte den Kopf. Was konnte sie darauf antworten?

«Du hast recht», sagte sie traurig. «Ich schäme mich, wenn ich daran denke, was manche Weiße deinem Volk antun. Aber die Männer, die wir verfolgen, sind Verbrecher, die nicht nur Weiße, sondern auch die Apachen bedrohen. Wenn du uns hilfst, sie dem Gericht auszuliefern, handelst du auch im Interesse deines Volkes.»

Cochise antwortete nicht. Er sah Ann durchdringend an. Chee und Peter hielten den Atem an.

«Goldhaar verlangt viel», sagte er schließlich. «Wir haben soeben eine große Schlacht verloren, und viele Familien sind in Trauer. Meine Krieger sind müde. Aber ich verdanke dir mein Leben und das meines Sohnes. Deshalb will ich den Kriegsrat einberufen. Morgen hast du unsere Antwort.»

Er stand auf, und die Unterredung war beendet. Ann streckte die Beine, die bei dem langen Kauern eingeschlafen waren. Sie war ein wenig verwirrt und wußte nicht recht, ob das Gespräch erfolgreich verlaufen war oder nicht.

Jetzt wandte sich Cochise zum erstenmal an Chee.

«Du hast Mut. Du bist in meine Hütte gekommen, obwohl ich dir einmal mit dem Tod gedroht habe.»

Ruhig, aber bescheiden sah Chee Cochise in die Augen.

«Du hast von mir verlangt, keine Konvois der Weißen mehr durch dein Gebiet zu führen. Ich habe deinem Befehl gehorcht, was sollte ich mich da fürchten?»

Cochise legte Chee die Hand auf die Schulter.

«Gib acht auf Goldhaar! Ihr Leben ist mir ebenso teuer wie das meiner Söhne.»

Er gab ein Zeichen. Tahzay, der kein Wort gesprochen hatte, hob den Vorhang vor dem Eingang der Hütte. Die jungen Leute gingen hinaus. Es war dunkel geworden, die Sterne standen am wolkenlosen Himmel. Es war sehr kalt.

Draußen vergaß Chee seine indianische Zurückhaltung, er nahm Ann in die Arme und wirbelte sie herum.

«Du warst wunderbar, Ann! Du hast genau die richtigen Worte gefunden!»

«Wirklich, Chee? Ich war noch nie im Leben so verschüchtert.»

«Aber weshalb will Cochise den Kriegsrat einberufen?» fragte Peter erstaunt. «Ich dachte, dem Häuptling seines Stammes müsse man gehorchen.»

«Das ist bei den Apachen Gesetz», erklärte Chee, «Cochise würde niemals einen wichtigen Beschluß fassen, ohne seine Krieger um Rat zu fragen.»

«Und wann wird die Beratung stattfinden?»

«Morgen, wenn die Sonne am höchsten steht. Bis dahin müssen wir uns gedulden.»

Nah-lin saß am Feuer und flickte mit einer Nadel, die aus einem Knochensplitter verfertigt war, einen Riß in ihrem Kleid. Sie sah auf, als Peter hereinkam. Er grinste übers ganze Gesicht und trug in jeder Hand einen kleinen Sack.

«Da habe ich noch etwas zu essen gefunden! Speck und Mehl. Jetzt machen wir ein Festmahl!»

Nah-lin hatte schon seit vielen Tagen nichts anderes mehr gegessen als Beeren und Wurzeln, aber sie nahm die Lebensmittel ohne Hast oder Gier. Sie schürte das Feuer, stellte ein paar Tongefäße bereit und begann, das Essen zuzubereiten. Ihre Bewegungen waren ruhig und geschickt. Zufrieden streckte sich Peter am Feuer aus und sah ihr zu. Er lächelte und Nah-lin lächelte zurück.

Unterdessen schlenderten Chee und Ann durchs Lager. Seit Chee wieder bei den Indianern war, hatte er sich verändert. Er wirkte lebhafter, selbstsicherer und lachte fröhlich und ungezwungen.

«Hier fühle ich mich frei», erklärte er, als Ann ihn nach dem Grund fragte. «Niemand sieht auf mich herab. Hier kennt man keine Rassen- oder Standesunterschiede. Man lebt hier natürlicher und einfacher. Wir sind im Einklang mit allen Wesen und Dingen.»

Ann dachte an Tucson und seine klatschsüchtigen Bürger. Sie erinnerte sich an den Haß der weißen Soldaten gegen alles, was mit den Indianern zusammenhing. «Mit solchen Menschen zusammenleben – entsetzlich!» dachte sie. Wie viel wohler fühlte sie sich da in Cochises Lager.

Leise sagte sie:

«Zwischen uns darf es keine Schranken geben.»

«Nein!» antwortete Chee, «aber wir werden eine Schranke errichten müssen, um uns vor Haß und Verachtung der Weißen zu schützen. Wirst du das können?»

Sie antwortete mit einem Lächeln. Sie gingen durch das Indianerdorf. Die Apachen begrüßten Ann freundlich, aber ausgesprochen ehrerbietig. Schließlich hatte sie Cochise das Leben gerettet.

«Komisch!» wunderte sich Ann. «Die Leute behandeln mich alle, als sei ich wer weiß für ein hohes Tier.»

«Du bist ein ‹hohes Tier›», sagte Chee lachend, «hast du das noch nicht begriffen?»

Ernst fügte er hinzu:

«Wenn du wüßtest, wie stolz ich auf dich bin.»

Ein Junge kam schüchtern lächelnd auf sie zu. Es war Nachise, der jüngere Sohn des Häuptlings. Ann umarmte ihn. «Wie schlecht er aussieht!» dachte sie traurig.

«Wo ist Tonto?» fragte sie plötzlich.

Tonto war der lebhafte, geschwätzige kleine Indianerjunge, der sie damals vor zwei Jahren auf Schritt und Tritt begleitet hatte. Nachise senkte die Augen und antwortete bedrückt.

«Tonto ist tot. Amerikanische Soldaten haben das Dorf angegriffen, und Tonto wurde von einer Kugel getroffen.»

Erschüttert wandte sich Ann ab.

«Warum müssen Kinder sterben?» flüsterte sie. «Kinder sollten immer fröhlich und glücklich sein...»

Chee zog sie an sich.

«In jedem Krieg sterben so viele Unschuldige... niemand in diesem Dorf weiß, ob er morgen noch am Leben ist...»

Langsam gingen sie zur Hütte zurück.

«Schau!» sagte Ann plötzlich.

Peter und Nah-lin saßen immer noch beim Feuer. Peter redete eifrig auf Nah-lin ein, und sie hörte ihm schweigend zu. Ihre Haare glänzten im Widerschein der Glut.

«Peter vertut seine Zeit nicht!» sagte Chee, und es

klang etwas schroff. «Jetzt macht er Nah-lin schon den Hof.»

«Zum erstenmal seit Jakobs Tod lächelt er!»

«Ja, aber er sollte vorsichtig sein», meinte Chee. «Schließlich haben wir schon genug Sorgen.»

17. KAPITEL

Am nächsten Morgen erwachte Peter mit heftigen Kopfschmerzen. Er schlug die Decke zurück und fuhr sich verwirrt durchs Haar. Dann sprang er mit einem Satz auf und verließ die Hütte. Mit einem Reisigbündel im Arm kam ihm Chees Mutter entgegen. Sie wünschte ihm freundlich guten Morgen, und Peter fragte sie, wo Chee sei.

Nona lächelte belustigt.

«Das junge Mädchen, das er heiraten will, liebt Jungenspiele, und Chee tut nichts, um sie davon abzuhalten. Hörst du die Schüsse unten beim Fluß? Das sind sie.»

Peter ging zum Fluß hinunter. Es war noch recht kühl, denn auf dieser Seite lag das Tal noch ganz im Schatten. Nach wenigen Minuten sah er Chee und Ann. Sie standen am Flußufer, und Chee war dabei, Ann zu lehren, wie man mit einem Revolver umgeht. Er warf ein Holzstückchen in die Luft und Ann zielte danach. Sie lachte und vergeudete natürlich eine Menge Patronen, weil sie jeden Schuß verfehlte.

«Ist das ein Lärm hier!» rief Peter und tat, als hielte er sich die Ohren zu. «Keine Angst, wir hören bald auf», sagte Ann lachend. «Ich glaube, ich lerne es nie.»

«Chee, ich muß dich nachher sprechen», sagte Peter. Ann wollte die beiden allein lassen, aber Peter hielt sie zurück. «Nein, bleib! Das geht auch dich an.»

Er blickte einen Augenblick verlegen von Ann zu Chee und fragte dann plötzlich:

«Was wird aus den Chiricahuas, Chee?»

Chee nahm die Patronen aus Anns Revolver und wiegte sie in der Hand.

«Sie werden weiterkämpfen, solange sie können», sagte er bitter. «Eines Tages werden sie zu schwach sein, um länger Widerstand zu leisten, und sich den Weißen ergeben. Die werden sie wie eine Herde Vieh zusammentreiben und in ein Reservat sperren.»

«Ich habe Indianerreservate gesehen! Karger, unfruchtbarer Boden, von dem kein Mensch leben kann. Es wäre besser für die Apachen, als freie Menschen im Kampf zu sterben, als langsam durch Hungersnot, Alkohol und Krankheiten vernichtet zu werden.»

Peter fuhr sich mit der Zunge über die Lippen.

«Ich... ich möchte Nah-lin retten!»

«Nah-lin retten?» Chee verstand ihn nicht. «Wie denn?»

«Ich will sie mitnehmen. Sie ist das schönste und liebste Mädchen, das mir je begegnet ist. Ich kann den Gedanken nicht ertragen, daß sie hier langsam verhungern oder wie Tonto durch eine verirrte Kugel getroffen werden soll.»

Chee legte dem Freund die Hand auf die Schulter.

«Nah-lin ist noch nie von ihrem Stamm fortgewesen. Sie könnte sich niemals daran gewöhnen, bei den Weißen zu leben. Sie wäre unglücklich und...»

«Deine Mutter hat schließlich auch bei den Weißen gelebt», erwiderte Peter gereizt.

«Ja, und du weißt, was sie durchgemacht hat. Möchtest du, daß es Nah-lin genauso geht?»

Peter hörte ihm gar nicht zu.

«Ich werde sie beschützen. Ich bringe sie zu meiner Mutter, die lehrt sie alles, was sie wissen muß. Und eines Tages... eines Tages wird sie meine Frau!»

Chee sah ihn mitleidig an. Er dachte an sein eigenes Leben, an die Schwierigkeiten, die ihm noch bevorstanden, ehe er das Mädchen heiraten konnte, das er liebte.

«Peter, denk doch mal nach!»

Peter schüttelte den Kopf.

«Ich habe die ganze Nacht nachgedacht. Mein Entschluß steht fest.»

Chee wandte sich heftig ab und packte Ann, die dem Gespräch schweigend zugehört hatte, bei der Hand. Verwundert bemerkte sie, daß seine Finger zitterten.

«Also gut!» sagte er resigniert. «Weiß Nah-lin von deinen Plänen?»

Peter sah ihn nicht an.

«Ja, aber... sie zögert. Sie hat Angst. Ich dachte, daß... daß du sie überzeugen könntest.»

«Das werde ich nicht tun!» antwortete Chee schroff. «Du kennst Nah-lin noch keine vierundzwanzig Stunden. Was weißt du von ihren Gefühlen? Ann und ich haben zwei Jahre gebraucht, um uns darüber klar zu werden, was wir wollen.»

Peter biß sich auf die Lippen.

«Das ist mir ganz egal! Ich nehme sie trotzdem mit», sagte er trotzig. «Ich werde sie retten, ob sie will oder nicht!»

Er drehte sich auf den Absatz um und lief mit großen Schritten zum Dorf zurück. Chee und Ann sahen ihm nach.

«Es wird ihm nicht gelingen», sagte Chee bitter, «und wenn, macht er sich und Nah-lin unglücklich.»

Als die Sonne am höchsten stand, versammelte sich der Kriegsrat. Mit rot und schwarz bemalten Gesichtern gingen die Krieger zu einem Felsplateau, unweit vom Lager, auf dem ein vom Blitz gespaltener Baum stand. Eine merkwürdige Spannung lastete über dem Lager. Die Kinder hatten aufgehört zu spielen. Frauen, Greise und die Krieger, die nicht an der Beratung teilnahmen, warteten schweigend. Die Sonne brannte, und die Luft flimmerte vor Hitze.

Dann trat Cochise aus seiner Hütte. Sein Festgewand war mit den Symbolen der Kraft und der Fruchtbarkeit verziert. Auch sein Gesicht war bemalt. Eine Adlerfeder steckte in seinem Haarband. Gefolgt von Tahzay, der zum erstenmal am Kriegsrat teilnehmen durfte, ging Cochise zum Versammlungsplatz.

«Was machen wir, wenn die Krieger nicht einverstanden sind?» fragte Peter besorgt.

Chee zuckte die Achseln.

«Nichts. Dann müssen wir uns fügen.»

«Kann man dem Kriegsrat nicht zusehen?» fragte Ann.

«Doch, aber nur von weitem.»

Chee führte Ann und Peter ein Stück weit aus dem Lager zu einem Platz, wo man den Versammlungsort gut überblicken konnte. Die Männer kauerten im Kreis um den Baum herum, dessen kahle Äste in den Himmel ragten. Cochise stand aufrecht unter dem Baum und sprach laut ein paar Worte.

«Er bittet den Großen Geist, den Kriegsrat zu erleuchten, damit sein Beschluß zum Besten seines Volkes ausfällt», erklärte Chee.

Jetzt setzte sich Cochise ebenfalls, während Tahzay respektvoll etwas abseits stehenblieb. Der Häuptling hielt eine lange, eintönige Ansprache. Ann verstand, daß von ihnen die Rede war und daß er erklärte, warum sie gekommen waren.

Als Cochise geendet hatte, ergriffen die ältesten Krieger nacheinander das Wort. An ihren Gesten und ihrem Tonfall merkte Ann, daß einige einverstanden waren, ihnen zu helfen, während andere sich energisch wehrten. Cochise hörte alle Redner an, ohne ein einziges Mal zu unterbrechen. Es dauerte sehr lange. Die Sonnenstrahlen brannten senkrecht auf die Felsen herunter. Chee kauerte nach Indianerart auf den Fersen und wartete schweigend, unbekümmert um die Hitze. Peter kämpfte gegen den Schlaf, und Ann war so geblendet, daß sie kaum noch die Augen offenhalten konnte. Aber um nichts auf der Welt hätte sie sich von da fortgerührt.

Plötzlich gab Cochise Tahzay ein Zeichen. Er kam zu den drei jungen Leuten herüber und sagte ruhig:

«Kommt!»

Mit klopfendem Herzen folgten sie ihm. Tahzay führte

sie zu dem Baum, um den die Indianer immer noch im Kreis saßen. Jetzt schwiegen sie. Cochise stand auf.

«Der Kriegsrat erfüllt eure Bitte», sagte er. «Einige Krieger werden euch begleiten und euch helfen, die Diebe gefangenzunehmen. Wer übernimmt das Kommando?»

Chee trat vor. «Ich», sagte er.

Cochise nickte.

«Gut. Du hast Apachenblut und bist erfahren und tapfer genug, meine Krieger in den Kampf zu führen.» Er sah Ann an und fügte leise hinzu:

«Möge der Große Geist euch beschützen!»

Dann wandte er sich um und ging mit Tahzay fort.

Die Krieger erhoben sich einer nach dem anderen und gingen ebenfalls. Der Kriegsrat war beendet.

Chee, Ann und Peter standen allein neben dem kahlen Baum und sahen sich triumphierend an.

«Jetzt werden wir es wohl schaffen», murmelte Chee.

Cochise hatte selbst bestimmt, welche Krieger an der Expedition teilnehmen sollten. Während die Apachen, es waren ungefähr zwanzig Männer, ihre Waffen und Pferde bereitmachten, nahmen Chee und Ann von Chees Mutter Abschied. Nona lächelte zwar, aber ihre Augen blickten traurig und müde.

«Ihr habt erreicht, was ihr wolltet. Aber vergeßt nicht, daß euch das Schwerste noch bevorsteht.»

Sie streichelte die Hand ihres Sohnes.

«Gib auf dich acht, mein Sohn! Und passe gut auf Ann auf.»

«Ich werde vorsichtig sein, Mutter», versprach Chee.

Sie seufzte.

«Es gäbe noch viel zu sagen... Wer weiß, ob wir uns je wiedersehen?»

Chee zuckte zusammen.

«Was sagst du da?»

«Ich mußte schon so oft in die Berge flüchten, wenn die Krieger unser Dorf gegen den Angriff der Weißen verteidigten. Wie leicht kann mich eines Tages eine Kugel treffen...»

Chee biß sich auf die Lippen. Sie hatte recht. Und selbst wenn sie überlebte, was für ein Schicksal erwartete sie. Er mußte an das denken, was er in den Indianerreservaten gesehen hatte. Er packte seine Mutter an den Schultern.

«Mutter... komm mit uns! Das hier ist kein Leben für dich.»

Sie machte sich ruhig, aber bestimmt los.

«Soll ich etwa unter den Weißen leben? Hier bin ich bei meinem Volk. Wenn ich sterben muß, sterbe ich mit den Meinen.»

Chee wußte, daß es sinnlos war, weiter in sie zu dringen. Hinter ihrem zarten Äußeren verbarg sich ein unbeugsamer Wille. Er trat schweigend beiseite.

Nona umarmte Ann, ohne ein Wort zu sagen.

«Bitte sprich nicht mehr vom Tod!» flehte Ann unter Tränen. «Dieser schreckliche Krieg muß einmal aufhören, und dann kannst du noch lange glücklich sein!»

«Ich bin glücklich. Chee hat ein Mädchen gefunden, das er liebt. Was will ich noch mehr?»

Sie lächelte Ann zu, dann wandte sie sich ab und verhüllte das Gesicht. Chee berührte Anns Schulter und sagte leise: «Komm!»

Sie stießen mit Peter zusammen, der völlig verstört herumirrte.

«Nah-lin ist seit heute morgen verschwunden! Ich kann sie nirgends finden!»

Chee gab keine Antwort und begann sein Pferd zu satteln.

«Du weißt, wo sie ist! Du willst es mir bloß nicht sagen», schrie Peter.

«Ich weiß es nicht», antwortete Chee barsch.

Er sah Peter gereizt an. Aber der Junge sah so verzweifelt aus, daß Chee wider Willen gerührt war. Wie sollte er ihm die Wahrheit sagen? Er versuchte es ihm zu erklären wie einem kleinen Kind:

«Die Entscheidung, die du von Nah-lin verlangst, geht über ihre Kraft, sie wagt nicht, es dir zu sagen und geht dir deshalb aus dem Weg. Glaub mir Peter: du mußt Nah-lin vergessen! Das ist besser für alle.»

Peter starrte ihn ungläubig an. Ann fürchtete, er würde entweder in Tränen ausbrechen oder auf Chee einschlagen, aber er drehte ihm plötzlich den Rücken zu und ging fort. Chee und Ann sahen ihm mitleidig nach.

Die Apachen saßen schon auf ihren gescheckten Ponys. Die Hufe der Pferde hatten sie mit Leder umwickelt. Sie waren mit Speeren, Pfeilen und Bogen bewaffnet. Einige hatten auch Gewehre.

Ohne Eile richtete Chee Anns Steigbügel und half ihr in den Sattel.

Bald darauf kam auch Peter mit seinem Gepäck. Er machte ein finsteres Gesicht und schwang sich in den Sattel, ohne jemanden anzusehen. Chee bestieg Kiuw und galoppierte an der Kolonne entlang. Er rief etwas in Apachensprache, die Indianer antworteten mit durchdringendem Geschrei und schwangen ihre Speere. Dann trieben sie ihre Ponys an und galoppierten durch das Dorf. Ann ritt am Schluß. Durch eine Staubwolke sah sie Cochise mit seinen Söhnen vor seiner Hütte stehen. Sie winkte lächelnd. Cochise hob nur kurz die Hand.

Sie ritten schon seit über einer Stunde durch eine weite, sonnendurchglühte Mulde, als einer der Indianer zu Chee nach vorne ritt und auf einen Punkt am Horizont zeigte. Während die anderen Apachen weiterritten, wendete Chee sein Pferd und sah in die Richtung, die ihm der Mann gewiesen hatte. Ann tat dasselbe. Sie sah einen Reiter, der offensichtlich versuchte, sie einzuholen.

«Wer ist denn das?» fragte sie und kniff die Augen zusammen.

«Gesellschaft für Peter!» knirschte Chee.

Jetzt erkannte Ann die zierliche Figur und die langen Haare, die im Wind flatterten. Verblüfft rief sie:

«Nah-lin!»

Als Peter, der vor ihr ritt, diesen Namen hörte, riß er sein Pferd so plötzlich herum, daß es stolperte und beinahe gestürzt wäre. Dann gab er ihm die Sporen und ritt in halsbrecherischem Tempo Nah-lin entgegen, schwang seinen Hut und jauchzte.

«Sie sind beide verrückt», sagte Chee finster.

Kurz darauf hatten Peter und Nah-lin sie eingeholt. Peter lachte und sah Chee triumphierend an.

«Na, hab ich dir nicht gesagt, ich würde sie mitnehmen?»

Chee gab keine Antwort und blickte Nah-lin durchdringend an. Sie saß sehr gerade auf ihrem rotbraunen Pony. Vor ihr auf der braunen Satteldecke lag ein prall gefüllter Sack. Über ihrer Schulter hing ein Bogen und ein Köcher mit Pfeilen. Ruhig hielt sie Chees Blick stand. Kleine Schweißtropfen glänzten auf ihrer Stirn.

Chee wandte sich jäh um.

«Vorwärts!» sagte er grob.

18. KAPITEL

Als es dunkelte, machte die Truppe Rast. Die Apachen suchten eine windgeschützte Mulde zwischen zwei Felsblöcken, wickelten sich in ihre Wolldecken und schliefen bald fest. Nur Ann konnte wegen der eisigen Kälte, die ohne Übergang auf die Hitze des Tages folgte, nicht einschlafen. Sie fror entsetzlich.

Plötzlich hörte sie leise Schritte. In der Dunkelheit sah sie Chee mit geschultertem Gewehr an den Schlafenden vorbeischleichen. Sie stand auf und ging zu ihm.

«Was ist los?»

«Schau!» flüsterte Chee.

Durch eine Felsspalte sah Ann schwankende Lichter, die sich langsam durch die Ebene bewegten. Sie erschrak.

«Das sind die Banditen, nicht wahr? Sie scheinen ganz nahe.»

«Nein, das täuscht, weil die Luft so klar ist. Sie sind mindestens fünfzehn Meilen entfernt.»

Ann atmete erleichtert auf. Es war keine verlockende Aussicht, den Banditen im Dunkeln zu begegnen.

«Morgen holen wir sie ein», sagte Chee.

Anns Finger waren steifgefroren. Chee nahm sie zwischen seine Hände, um sie zu wärmen.

«Dir ist kalt! Aber du solltest schlafen. Morgen ist ein anstrengender Tag.»

«Ich weiß, aber ich kann einfach nicht einschlafen!»

«Ich auch nicht», gestand Chee. «Ich muß immer an Peter und Nah-lin denken. Sie wissen nicht, welche Schwierigkeiten sie erwarten. Unsere Gesellschaft mißbilligt Mischehen. Als Mischling weiß ich das zu genau. Siehst du, die meisten Weißen verachten Menschen anderer Rassen. Für sie sind Indianer nur Wilde, nicht viel besser als Tiere. Dabei haben auch wir unsere Vergangenheit, unsere Kultur! Ehe die Spanier kamen und alles zerstörten, gab es in Mexiko und Peru große Indianerreiche mit einer hohen Kultur. Auf einigen Gebieten waren wir damals den Weißen sogar voraus, in der Astronomie zum Beispiel...»

«Wir», sagte Ann lächelnd.

Auch Chee lächelte.

«Ich befolge nur Frau Rolands Ratschläge: ich lerne, auf mein Indianerblut stolz zu sein.»

Vor Morgengrauen brachen sie auf. Jetzt, da sie den Banditen auf der Spur waren, drängte Chee zur Eile. Er wollte sie so schnell wie möglich einholen. Am späten

Vormittag entdeckten sie zum erstenmal die frischen Hufspuren der gestohlenen Pferde. Peter bekam Herzklopfen. Endlich ein Beweis, daß Marvin hier durchgekommen war.

Chee war vom Pferd gesprungen, um die Spuren genau zu betrachten. «Sie reiten nach San Pascual», sagte er verblüfft. «Das verstehe ich nicht! San Pascual ist ein kleines Dorf an der mexikanischen Grenze. Dort kann Marvin seine Pferde nie verkaufen. Die Leute sind viel zu arm.»

Eine Zeitlang folgten sie der Piste, dann nahmen sie eine Abkürzung durch die Berge. Ann ritt mit Nah-lin am Schluß der Kolonne. Nah-lin war noch nie in einem von Weißen bewohnten Dorf gewesen und hatte furchtbare Angst. Auch Peter konnte sie nicht beruhigen.

Bald sahen sie von einem Hügel auf San Pascual hinunter. Das Dorf bestand aus etwa einem Dutzend Lehmhütten, die sich um eine Kirche und einen Wassertümpel scharten. Es gab ein paar Maisfelder, eine magere Ziegenherde und zwei oder drei Schweine. Das war alles.

Einer von Cochises Männern kam zu Chee geritten und sagte ihm etwas in seiner Sprache.

«Er sagt, weiter kämen die Krieger nicht mit», übersetzte Chee. «Cochise hat ihnen befohlen, die Dörfer zu meiden.»

«Wir müssen nach San Pascual hinunter und dort die Leute fragen», schlug Peter vor. «Die können uns sicher Auskunft geben.»

«Ja, wenn sie reden wollen!» meinte Chee.

«Ich komme mit», erklärte Ann.

Nah-lin saß unbeweglich im Sattel und schwieg. Nur ein leises Zucken ihrer Lippen verriet, daß sie Angst hatte. Peter packte ihr Pferd am Zügel.

«Du mußt deine Angst überwinden, Nah-lin. Komm! In diesem Dorf gibt es nur Mexikaner. Die tun dir bestimmt nichts. Außerdem werde ich auf dich aufpassen.»

Nah-lin nickte. Sie schlang ihr Haar zu einem Knoten und versteckte es unter einem Kopftuch. Aber von ihrem Bogen und ihren Pfeilen wollte sie sich nicht trennen.

Die jungen Leute ritten den steilen Weg nach San Pascual hinunter. Beim Näherkommen sahen sie erst, wie armselig das Dorf war. Die Hütten waren baufällig, und das Dach der Kirche hätte schon längst neu gedeckt werden müssen. Das Dorf schien menschenleer. Wahrscheinlich arbeiteten um diese Zeit die meisten Männer auf den Feldern. Man hörte nur einen Hahn krähen und ein Baby wimmern. Erschreckt von dem Hufgetrappel, trat eine Frau auf die Schwelle ihrer Tür und verschwand gleich wieder im Haus. Schmutzige Kinder spielten am Wassertümpel. Als sie die Reiter sahen, drängten sie sich ängstlich aneinander und blickten mißtrauisch herüber.

Chee suchte ein Geldstück hervor, warf es in die Luft und fing es wieder auf. Er wollte gerade die Kinder ausfragen, als ein Mann aus einer Hütte kam. Es war ein magerer Greis mit braungebranntem, runzeligem Gesicht. Über seinen nicht mehr ganz weißen Kleidern trug er ein Tuch mit langen Fransen, an den Füßen einfache Sandalen.

«Ich bin Don Manuel», sagte er auf spanisch. «Womit kann ich dienen?»

Chee merkte an der würdevollen Haltung des Greises, daß sie es mit dem Dorfvorstand zu tun hatten.

Ehrerbietig antwortete er auf spanisch:

«Wir kommen, um euch um Hilfe zu bitten. Wo können wir ungestört sprechen?»

Der Greis wies auf seine Hütte und sagte, diesmal auf englisch:

«Mein Haus gehört euch.»

Die jungen Leute banden ihre Pferde fest und folgten dem alten Mann in einen dunklen Raum. Buntgestreifte Decken hingen an den Wänden, um die Löcher zu verbergen, aus denen der getrocknete Lehm bröckelte. Don Manuel hatte ein Tuch auf den Lehmboden gebreitet und forderte seine Gäste auf, sich zu setzen. Er rief ein paar Worte auf spanisch, und eine alte Frau, ganz in schwarz, brachte einen Tonkrug mit einer milchigweißen Flüssigkeit. Chee und Peter tranken feierlich davon. Als der Krug Ann gereicht wurde, verschluckte sie sich beinahe.

«Was ist denn das?» flüsterte sie.

«Pulque», erklärte Chee leise und bemühte sich, ernst zu bleiben. «Das ist ein Agavenschnaps. Du mußt davon trinken, sonst beleidigst du unseren Gastgeber.»

Ann wollte um keinen Preis jemanden beleidigen. Sie trank einen Schluck, obwohl es ihr fast den Magen umdrehte. Verflixt noch mal! Schmeckte das scheußlich!

Als der Krug die Runde gemacht hatte, kam Chee sofort zur Sache. Er wußte nicht recht warum, aber der Alte schien ihm vertrauenswürdig.

«Wir suchen Pferdediebe. Ihr Anführer heißt Marvin. Die Hufspuren der Pferde haben uns hierhergeführt.»

Don Manuel schien nicht überrascht. Er nickte.

«Gestern abend kamen Fremde. Sie haben in der Estancia übernachtet. Aber sie hatten keine Herde bei sich.»

«Keine Pferde?» rief Peter erstaunt.

«Nein. Nur ein Pferd, einen Palomino.»

«Diamant!» riefen Peter und Chee wie aus einem Mund.

Im Halbdunkel war das Gesicht des Alten nur schwer zu erkennen. Noch einmal reichte er den Krug mit Pulque herum. Ann nahm all ihren Mut zusammen und trank einen zweiten Schluck. Sie begann die Wirkung des Alkohols zu spüren. Ihr Kopf drehte sich, und ihre Knie waren weich. Wie durch einen Schleier hörte sie Don Manuels Stimme.

«Wir sind arm, Señores. Die Felder bringen nur mageren Ertrag, kaum genug für uns und unsere Tiere. Aber die Steuern sind hoch. Sehr hoch.»

Chee sah den Alten forschend an. Er spürte, daß Don Manuel ihm irgendetwas zu verstehen geben wollte.

«Wem bezahlt ihr denn die Steuern?» fragte er vorsichtig.

Don Manuel wies nach Osten.

«Zwei Meilen vom Dorf liegt eine Hacienda. Ihr Besitzer, Don Ruiz, ist ein sehr reicher und mächtiger Mann.»

«Gehört ihm das Dorf?» fragte Chee, der allmählich begriff.

Don Manuel nickte.

«Ja, Señor, da Gott es so will.» Beiläufig fügte er hinzu: «Don Ruiz ist ein großer Liebhaber von Rassepferden.»

«Ich verstehe», sagte Chee, «Habt vielen Dank.» Sie standen auf.

Ann taumelte, ihre Knie waren weich. Ihr schien, als bewege sich der Boden, und sie mußte plötzlich lachen.

Don Manuel begleitete die Besucher hinaus. An der frischen Luft fühlte sich Ann sofort wieder wohler. «Komisch», dachte sie. «Der Agavenschnaps war wohl doch etwas zu stark für mich.»

Als sie sich in den Sattel schwangen, sah Don Manuel erst Chee und dann Nah-lin an. Leise sagte er:

«Seid vorsichtig! Die meisten Leute hier mögen keine Indianer.»

«Danke, wir werden aufpassen!» sagte Chee lächelnd.

Sie trieben die Pferde an und stoben in einer Staubwolke davon. Peter galoppierte neben Chee.

«Kannst du mir vielleicht dieses Kauderwelsch erklären?» fragte er verwirrt.

«Der alte Mann ist ein Meister in versteckten Andeutungen», antwortete Chee lachend. «Dieser Don Ruiz scheint ein Tyrann zu sein, der das Dorf in Schrecken hält. Sie haben viel zu viel Angst, um etwas gegen ihn zu unternehmen oder auch nur offen zu sagen, was sie über ihn denken. Marvin ist bei ihm gewesen, um ihm Diamant zu verkaufen. Der Alte hat das durchblicken lassen, weil er hofft, wir würden Ruiz den Garaus machen. Aber falls die Sache schiefgeht, kann niemand ihm vorwerfen, er habe uns etwas gesagt.»

Peter lachte schallend.

«Gar nicht so dumm! Er hat nur vergessen, daß uns sein Don Ruiz gar nicht interessiert!»

Sie ritten aus dem Dorf hinaus in die Ebene. Zwischen Felsblöcken und Kakteen hindurch schlängelte sich kaum sichtbar eine Piste über die rötliche Erde. Nach und nach veränderte sich die Landschaft. Dichtes Gras bedeckte die Erde. Zum ersten Mal seit Tagen sah Ann wieder Blumen. Es mußte in der Nähe Wasser geben.

Chee zeigte mit der Hand auf ein dunkles Viereck in der Ebene:

«Dort hinten ist die Hacienda! Wir gehen jetzt lieber zu Fuß weiter.»

Sie sprangen von den Pferden, hielten sie am Zügel und gingen hintereinander her. Es war drückend heiß. Anns Mund war so ausgetrocknet, daß sie kaum noch die Lippen bewegen konnte. Nach diesem ekelhaften Schnaps hätte sie viel für einen Schluck Wasser gegeben.

Bald konnten sie das Haus sehen! Es war ein großes, festungsähnliches Gebäude und von einer dichten Kakteenhecke umgeben. Ganz in der Nähe des Hauses stand ein Schuppen.

«Wir wollen versuchen, uns näherzuschleichen!» schlug Chee vor. «Nah-lin, du bleibst hier und paßt auf die Pferde auf.»

Sie reichten Nah-lin die Zügel und schlichen dann vorsichtig weiter. Ungehindert kamen sie bis zur Hecke.

«Es ist niemand da!» flüsterte Ann.

«Ja, aber wir müssen vorsichtig sein», mahnte Chee.

Sie waren jetzt in der Nähe des Schuppens, den sie vorhin gesehen hatten, Chee entdeckte in Augenhöhe eine Luke. Vorsichtig kroch er zu dem Schuppen, richtete sich auf und warf rasch einen Blick hinein. Er pfiff leise durch die Zähne.

«Ein Waffenlager! Das habe ich mir doch gedacht! Die

Waffen sind für den Bürgerkrieg in Mexiko bestimmt. Kein Wunder, daß Ruiz reich geworden ist!»

Immer noch im Schutz der Kakteenhecke, krochen sie um die Hacienda herum. Plötzlich befanden sie sich vor dem Tor. Alle drei sahen es gleichzeitig: unter einem Strohdach neben dem Eingang waren die Pferde angebunden, unter ihnen Diamant! Der Palomino atmete stoßweise, sein Fell war dunkel vom Schweiß.

«Diese Idioten!» schimpfte Peter. «Ein solches Pferd muß doch gepflegt werden. Das reibt man ab, man läßt es nicht verschwitzt im Durchzug stehen!...»

Chee dachte nach. Dann flüsterte er:

«Ann, Peter, geht zu Nah-lin zurück! Ich werde versuchen, Diamant loszubinden und mit ihm zu fliehen. Sobald ihr mich auf dem Pferd seht, reitet so rasch ihr könnt in die Berge zurück und kümmert euch nicht mehr um mich. Wir treffen uns später.»

Mit Herzklopfen sahen Ann und Peter zu, wie er an der Kakteenhecke entlangschlich und dann geschickt zwischen den stacheligen Blättern hindurchkroch. Rasch und behende schlüpfte er an ein paar Fässern vorbei und duckte sich an die Mauer. Er war jetzt ganz nahe beim Haus! Bis zum Pferd waren es nur noch ein paar Schritte. Da hörten sie plötzlich eine Stimme:

«Hände hoch!»

Chee richtete sich langsam auf und hob die Hände. Zwei mit Gewehren bewaffnete Männer erschienen auf der Schwelle des Hauses.

«Um Gottes Willen, das kann nicht gutgehen!» stöhnte Ann. Sie hatte in dem einen Mann Marvin erkannt.

«Psst!» flüsterte Peter. Er packte das Mädchen an den Schultern und drückte es zu Boden.

Jetzt hatte auch er Marvin gesehen. Der andere, ein dicker Kerl mit einem hochgezwirbelten Schnurrbart, mußte Ruiz sein, der Besitzer der Hacienda. Er schrie einen spanischen Befehl, und sofort kamen ein halbes Dutzend Mexikaner von allen Seiten gelaufen und umringten Chee. Fliehen konnte er jetzt nicht mehr.

«Wo kommt denn dieser Kerl her?» fragte Marvin und kam näher.

Er trug ein elegantes Reitkostüm und Wildlederstiefel.

Der mit Perlmutt eingelegte Colt baumelte an seinen Hüften. Die rote Narbe die von Frau Rolands Peitsche herrührte, zog sich quer über sein Gesicht.

Plötzlich packte er Chee am Kragen.

«Aber... das ist ja der Apache von den Rolands!»

«Kennst du ihn?» fragte Ruiz.

Marvin lächelte boshaft.

«Und ob ich ihn kenne! Das ist der Mischling, an dem die Roland einen solchen Narren gefressen hat, daß sie ihn wie einen Sohn ins Haus aufgenommen hat. Ich frage mich nur, wie er mich hier gefunden hat.»

Er ließ Chee los und nahm ihm rasch Gewehr und Dolch ab. Chee wollte sich wehren, aber Marvin hielt ihm grinsend den Gewehrlauf unter die Nase.

«Eine Bewegung, und ich jage dir eine Kugel durch den Kopf. Jetzt wird nicht mehr mit dem Dolch herumgespielt. Wir werden uns ein wenig miteinander unterhalten, wir beide, und du wirst mir fein höflich antworten, sonst kannst du etwas erleben!»

Er fuchtelte drohend mit dem Gewehr herum. Chee rührte sich nicht.

«Du wolltest den Palomino stehlen, nicht wahr?» fuhr Marvin fort. «Aber du bist vermutlich nicht alleine. Wo sind deine Komplizen? Los, rede!»

Chee schwieg. Marvin schlug ihm wütend ins Gesicht.

«Willst du wohl endlich das Maul aufmachen?»

In diesem Augenblick kam Ruiz sporenklirrend dazu.

«Laß ihn doch, Marvin!» sagte er sanft. «Wir Mexikaner haben eine Methode, um auch den Schweigsamsten zum Reden zu bringen.» Er sah Chee mit seinen glänzenden, wässerigen Augen an und entblößte eine Reihe Goldzähne.

«Wenn dir der Palomino so gut gefällt, darfst du ihn einmal ausprobieren...»

Er schnalzte mit den Fingern. Einer der mexikanischen Arbeiter nahm einen Strick und fesselte Chee brutal die Hände hinter dem Rücken. Ein anderer hatte Diamant losgebunden, der verschreckt nach allen Seiten ausschlug. Der Mann rollte ein Lasso auf und band ein Ende um den Zaum des Pferdes, das andere um Chees Arme.

Ann krallte sich an Peters Arm fest.

«Sie lassen ihn von Diamant schleifen! Um Himmelswillen, Peter. Wir müssen etwas tun!»

Etwas tun, ja. Aber was? Vor Angst konnte Peter keinen einzigen Gedanken fassen. Da raschelte es hinter ihm im Gras. Peter fuhr herum und griff nach dem Gewehr. Wie aus der Erde aufgetaucht, kauerte Nah-lin hinter ihnen. Sie hielt den Bogen in der Hand und hatte den Köcher mit den Pfeilen um die Schulter hängen.

«Was passieren mit Chee?» fragte sie atemlos.

«Sie haben ihn gefangengenommen», flüsterte Peter. «Wir müssen ihm helfen, sonst...»

Sein Blick fiel auf den Bogen.

«Nah-lin! Kannst du einen brennenden Pfeil durch die Luke in dem Schuppen dort hinten schießen? Dann sprengen wir das Waffenlager!»

Während Nah-lin ihren Bogen spannte, suchte er fieberhaft nach Streichhölzern. Endlich fand er sie. Schnell zündete er die Spitze eines Pfeiles an. Schon wollte Nah-lin schießen, aber Ann fiel ihr entsetzt in den Arm.

«Warte! Wenn der Schuppen explodiert... dann rast Diamant los!»

Peter begann vor Angst zu schwitzen. Sie hatte recht. Schon öffnete einer der Mexikaner das schmiedeiserne Hoftor. Diamant tänzelte nervös auf der Stelle.

«Oh Gott!» stöhnte Peter verzweifelt. «Den werden wir nie aufhalten können!»

Ann sah ihn verächtlich an.

«Ich halte ihn auf!» sagte sie tonlos.

Sie warf sich bäuchlings auf die Erde und kroch über die Steine. Peter wollte sie zurückrufen. Was sie da machte, war heller Wahnsinn! Aber jede Sekunde war kostbar. Peter biß sich auf die Zähne und gab Nah-lin ein Zeichen. Sie zielte.

Im Schutz der Kakteenhecke kroch Ann um den Hof der Hacienda und versteckte sich hinter einem Felsblock in der Nähe des Tores. Sie preßte die Hände aneinander. Wenn sie nur nicht so zittern würde...

Marvin gab Chee einen Stoß. Behindert durch die Fesseln fiel der junge Mann mit dem Gesicht in den Staub. Sand drang ihm in Mund und Nase. Er versuchte aufzustehen, aber es gelang ihm nicht. Es war auch sinnlos. Marvin hätte ihn doch nur sofort wieder zu Boden geworfen. Eine Peitschenschnur knallte durch die Luft. Diamant schnaubte und sprang zur Seite.

«Na?» höhnte Marvin, «hat dir die Angst die Sprache verschlagen? Schade! Diamant wird dich ein wenig durch die Kakteen spazierenführen. Du wirst nicht schön aussehen, wenn wir dich später holen...»

Einen Augenblick überlegte Chee, ob er sprechen sollte, um Zeit zu gewinnen. Aber wozu? Wenn Ann und Peter ihm helfen wollten, würde es nur Minuten dauern, ehe die Banditen sie entdeckten und auch sie gefangennahmen. Es blieb nur eine Hoffnung: Diamant war auf seine Stimme dressiert. Wenn es ihm gelang, das Pferd zum Stehen zu bringen... Er glaubte, daß er trotz seiner gefesselten Hände stark genug war, um aufzustehen und die Füße in den Boden zu stemmen.

«Ach was», sagte sich Chee, «ich riskiere es. Besser als auch noch Ann zu gefährden.»

Er drehte den Kopf und sah, wie Marvin die Peitsche hob und sie auf den Rücken des Palominos niedersausen ließ. Im selben Augenblick zerriß eine Explosion die Luft. Verwirrt sah Chee eine Flammengarbe aufsteigen. «Das Waffenlager!» dachte er, «um Himmels Willen, sie haben den Schuppen in Brand gesteckt!» Im gleichen Augenblick gab es einen Ruck. Chee war, als würden ihm beide Arme weggerissen. Diamant hatte sich entsetzt aufgebäumt und galoppierte durch das Tor hinaus und zog

Chee hinter sich her. Chee wußte sofort, daß jetzt sein Plan undurchführbar war. Außer sich vor Angst stürmte Diamant davon. Bei jedem Sprung, den das Pferd tat, zerriß es Chee fast vor Schmerz. Sein Kopf schlug heftig gegen einen Stein, er spürte einen schalen Blutgeschmack im Mund. Dann wurde es ihm schwarz vor den Augen, und er verlor das Bewußtsein.

Ann lief um die Felsblöcke herum, um dem Pferd den Weg abzuschneiden. Der Palomino kam direkt auf sie zu. Schaum stand ihm vor dem Maul. Ohne auf die Kakteen und die Brombeerranken zu achten, die ihr die Arme zerkratzten, rannte Ann auf das Pferd zu, fuchtelte wild mit den Armen und schrie immer wieder:

«Diamant, Diamant! Bleib stehen!»

«Er wird mich zertrampeln!» dachte sie. «Aber das ist mir egal!»

Blindlings rannte sie weiter und rief immer wieder den Namen des Pferdes. Diamant galoppierte auf sie zu und Ann prallte heftig gegen die warme, feuchte Brust des Pferdes. Von dem Anprall wurde sie zu Boden geschleudert, aber Diamant blieb stehen. Zitternd richtete sich Ann auf. Dort, am Ende des Lassos, lag Chee zwischen den Steinen. Er rührte sich nicht. Ann schrie auf, lief zu ihm hinüber und kauerte sich neben ihn nieder. Zitternd tastete sie nach ihrem Dolch und durchschnitt seine Fesseln. Jede Bewegung kostete sie unendliche Anstrengung. Langsam kam Chee wieder zu sich. Er schlug die Augen auf. Sein Gesicht war geschwollen. Aus einer tiefen Stirnwunde tropfte Blut. Vorsichtig tupfte Ann es mit ihrem Taschentuch ab. Wenn nur Peter und Nah-lin kämen. Sie blickte sich um und sah drei Männer zu Pferd aus dem Hof der Hacienda kommen und auf sie zugaloppieren.

Mit einem Schrei sprang sie auf.

«Chee! Wir müssen fort! Schnell! Schnell!»

Er sah sie verstört an und verstand nicht. Verzweifelt versuchte sie, ihn aufzurichten.

«Chee, komm, steh auf! Sonst erwischen sie uns!»

Chee stand taumelnd auf. Plötzlich begriff er.

«Aufs Pferd!» sagte er heiser. «Schnell!»

Er hob Ann aufs Pferd und schwang sich hinter sie.

«Diamant!» rief er, und preßte dem Palomino die Fersen in die Seiten. «Lauf! Lauf, so schnell du kannst!»

Das Pferd schien zu begreifen, was man von ihm wollte. Mit klappernden Hufen raste es über die Ebene auf die Berge zu. Ann klammerte sich an der Mähne fest. Da krachte ein Schuß. Alles ging sehr schnell: Ann hatte das Gefühl, das Pferd löse sich unter ihnen auf und sie stürzten in einen Abgrund. Völlig verblüfft blieb sie noch einen Augenblick kerzengerade sitzen. Ihr Kopf dröhnte, das Blut pochte in ihren Schläfen. Sie glaubte, sie würde sich nie wieder bewegen können. Dann hörte sie neben sich Chees Stimme:

«Ann, deinen Revolver!»

Er riß ihr den Revolver aus dem Gürtel, stieß sie gegen etwas Warmes, Unbewegliches. Sie duckte sich. Plötzlich begriff sie: Diamant war niedergeschossen worden, sie suchten hinter seiner Leiche Deckung.

Chee zielte sorgfältig und schoß. Einer der Verfolger wurde aus dem Sattel geschleudert und fiel zu Boden, die anderen kamen im Galopp näher. Chee schoß noch einmal. Wieder stürzte einer. Der dritte wendete sein Pferd und floh.

«Ann», sagte Chee, «wir müssen zu Fuß weiter... Kannst du gehen?»

«Ich... ich glaube schon!»

Sie machten sich auf den Weg. Chee stützte das Mädchen. Von Zeit zu Zeit sah er sich um, ob ihnen jemand folgte. Niemand war zu sehen. Beide gingen schweigend nebeneinander her. Sie waren viel zu erschöpft, um etwas zu sagen. Bald wurde die Landschaft wilder. Ein Pfad führte bergauf. Große Felsblöcke von einem Bergsturz lagen umher, und dann hörten sie das Wasser. Ein kleiner Bach floß zwischen den Steinen. Ann und Chee ließen sich auf die Erde fallen. Ann tauchte Gesicht und Arme in das klare Wasser. Sie trank atemlos, in durstigen Zügen, und kühlte ihr Gesicht.

Wie war sie erschöpft! Ihre Glieder waren schwer und schmerzten.

Auch Chee sah sehr mitgenommen aus. Blut, Schweiß und Staub bildeten eine rötliche Kruste auf seinem Gesicht. Ann tauchte ihr Taschentuch ins Wasser, drückte es Chee auf die Stirn und wusch die Wunde aus, die immer noch blutete.

Er lächelte.

«Du hast Mut, Ann! Dich vor ein galoppierendes Pferd zu werfen...»

Sie wollte antworten, aber sie brachte kein Wort heraus. Ohne Grund begann sie plötzlich zu zittern, und die Tränen liefen ihr übers Gesicht. Die Nervenanspannung war zu stark gewesen: jetzt kam die Reaktion. Chee strich ihr übers Haar, und ganz allmählich beruhigte sie sich wieder.

Stockend erzählte sie ihm, wie Nah-lin brennende Pfeile in den Schuppen geschossen und das Waffenlager in die Luft gesprengt hatte. Chee war besorgt.

«Hoffentlich konnten Peter und Nah-lin entkommen!»

Er stand auf und half dem Mädchen auf die Beine.

«Komm! Wir müssen zu den Indianern.»

Es wurde Abend. Die untergehende Sonne tauchte Ebene und Berge in rotes Licht. In der Dämmerung sahen die Umrisse der Kaktuskerzen gespenstisch aus. Chee und Ann stolperten über Steine und bahnten sich einen Weg durchs Gestrüpp.

«Wir haben heute wenig Glück gehabt», sagte Chee, während er Ann über eine Felsspalte half. «Trotz allem wissen wir noch immer nicht, wo Marvin die Pferde versteckt.» Plötzlich blieb er stehen und legte den Finger auf den Mund. In der Stille hörte Ann deutlich Hufgetrappel.

«Da kommt jemand!» sagte Chee. «Wir müssen uns verstecken.»

Er zog das Mädchen hinter einen Felsvorsprung. Sie preßten sich an den Stein und hielten den Atem an. Chee hielt die Hand am Abzug des Revolvers. Da kamen zwei Reiter um die Biegung. Ann und Chee stürzten gleichzeitig aus dem Versteck hervor.

«Peter! Nah-lin!»

Sie umarmten sich und lachten.

Alle sprachen gleichzeitig. Die jungen Männer schlugen einander immer wieder auf die Schultern.

«Wie seid ihr den Banditen entkommen?» fragte Ann Nah-lin, als sie wieder zu Atem gekommen war.

Nah-lin lächelte.

«Sie furchtbar erschrocken durch Explosion! Sie uns nicht suchen!»

Atemlos lehnte Peter sich an einen Felsen und schrie triumphierend:

«Und das ist noch nicht alles! Nah-lin und ich haben das Lager der Banditen gefunden! Wir wissen jetzt, wo die Pferde sind.» Er legte Nah-lin die Hand auf die Schulter und sagte: «Du kannst auf deine Truppe stolz sein, Chee, was?»

«Ja,» sagte Chee lächelnd.

Peter sah sich plötzlich überrascht um.

«Wo ist Diamant?»

Chee und Ann blickten einander traurig an. Chee machte eine hilflose Geste.

«Sie haben ihn erschossen.»

«Das wird ein Schlag sein für Mutter!» flüsterte Peter. «Sie hing so an diesem Pferd!»

19. KAPITEL

Peter berichtete, was weiter geschehen war: «Nach der Explosion des Waffenlagers gab es ein fürchterliches Durcheinander. Die Banditen liefen nach allen Seiten davon. Viele waren verletzt. Nebenbei: Don Ruiz ist tot! Er stand zufällig neben dem Schuppen, als der Sprengstoffexplodierte. Marvin ist nichts passiert, aber er konnte die Mexikaner durch nichts dazu bewegen, euch noch weiter zu verfolgen. Uns hat in dem Durcheinander niemand bemerkt. Wir liefen zu unseren Pferden zurück und galoppierten ins Dorf. Die Straßen von San Pascual waren voller Menschen. Das Gerücht von der Explosion hatte sich schnell verbreitet. Ich ritt zu Don Manuels Hütte und rief dem Alten zu: ‹Don Ruiz ist tot›.

Der alte Mann fiel mir beinah um den Hals! Immer wieder sagte er: ‹Euch hat Gott gesandt!› Ich konnte ihn nur mit Mühe daran hindern, mir die Hände zu küssen. Die Menschen um uns herum begannen zu tanzen und zu singen. Es war eine Riesenaufregung! Dann bat ich Don Manuel um einen Gegendienst. ‹Wo versteckte sich Marvins Bande?› Der Alte war glücklich, uns einen Gefallen tun zu können und wollte uns unbedingt selbst das Versteck zeigen. Wir ritten ins Gebirge und Don Manuel führte uns geradewegs in eine dichtbewachsene Schlucht an der Quelle des Baches. Da war die Herde, bewacht von etwa einem Dutzend bewaffneter Mexikaner. Ich habe drei oder vier Kerle erkannt, die Marvin damals begleiteten, als sie unsere Ranch in Brand steckten. Während wir sie aus unserem Versteck beobachteten, kam Marvin herangaloppiert. Er brüllte Befehle, und alle machten sich eiligst daran, ihre Sachen zusammenzupacken.»

«Er möchte so schnell wie möglich von hier fort!» grinste Chee.

«Er weiß nicht, wieviele wir sind, das ist ihm nicht geheuer.»

Er dachte eine Weile nach.

«Sie werden vermutlich noch heute abend das Lager abbrechen und die ganze Nacht durch reiten. Das bedeutet, daß sie im Morgengrauen am Apachenpaß sind.»

Er sah seine Kameraden an.

«Wir müssen vor ihnen dort sein, und das ist nur möglich, wenn wir sofort aufbrechen. Was meint ihr dazu?»

Ann war wirklich am Ende ihrer Kraft, aber jetzt mußte sie durchhalten! Während sie über die dunkle Piste ritten, dachte sie voller Angst an den Kampf, der noch vor ihnen lag. Allerdings hatte Chee den Apachen eingeschärft, die Banditen lebendig gefangenzunehmen, damit sie der Polizei ausgeliefert werden konnten. Aber trotzdem würde Blut fließen...

Die Indianer erwarteten sie am vereinbarten Ort. Chee erklärte ihnen rasch die Lage. Schweigend und geschickt trafen die Krieger ihre Vorbereitungen. Sie traten die Asche aus und schwangen sich auf ihre Ponys. Als der Mond aufging, setzte sich die Truppe in Bewegung.

Stunden vergingen. Ann war entsetzlich müde. «Ich darf nicht daran denken, was uns morgen bevorsteht», sagte sie sich. «Wenn ich daran denke, breche ich zusammen!» Manchmal wurde sie vom Schlaf überwältigt, sie sank im Sattel zusammen, um ein paar Augenblicke später wieder aufzufahren. Chee schien überall gleichzeitig zu sein. Ann sah ihn an die Spitze der Kolonne reiten, um die Piste zu beobachten, dann wieder zurückkommen und mit den Kriegern verhandeln. Und er fand immer Zeit, eine Weile neben ihr herzureiten und sie aufzumuntern.

Für Ann war es die längste Nacht ihres Lebens. Sie war

wie gerädert. Außer dem Klappern der Hufe war weit und breit kein Laut zu hören. Nur hin und wieder heulte ein Kojote.

Die Landschaft wurde immer wilder, im bläulichen Mondlicht sah man deutlich die zerklüfteten Felsen. Sie ritten hintereinander am Rand einer langgestreckten Schlucht, rechts von ihnen fiel die Felswand steil ab. Ann wurde schwindelig. Sie klammerte sich am Zügel fest und kämpfte gegen Übelkeit an.

«Paß auf!» hörte sie Chees ruhige Stimme neben sich. «Die Piste ist abschüssig.» Er beugte sich vor, nahm dem Mädchen die Zügel aus den klammen Fingern und führte ihr Pferd eine Zeitlang. Manchmal löste sich ein Stein unter den Hufen und rollte in die Tiefe.

«Du mußt keine Angst haben!» sagte Chee. «Vertrau auf dein Pferd! Es findet seinen Weg.»

Sie lächelte ihn an. Wenn Chee bei ihr war, verflogen all ihre Ängste.

Vor ihnen ragte eine hohe Felswand empor. Es war plötzlich stockfinster.

«Wir sind bald da», sagte Chee.

Der Weg führte in vielen Windungen zwischen mächtigen Granitblöcken hinunter. Hier war der Berg wie von einem riesigen Schwert entzweigeschnitten. Tief unten in der Schlucht ahnte man den Fluß.

«Wir sind da», rief Chee. «Die Piste führt am Fluß entlang. Jetzt können wir nur noch warten.»

Er half Ann vom Pferd.

«Versuche zu schlafen. Du mußt wieder zu Kräften kommen.»

Nah-lin brachte ihr eine Decke. Sie breitete sie fürsorglich auf einer Felsplatte aus und sagte: «Du hier schlafen.»

Ann deckte sich mit ihrer Jacke zu und streckte sich aus. Sie sah zum Sternenhimmel auf. Sie spürte, wie Nah-lin sich neben sie legte. Lange schwiegen die beiden Mädchen erschöpft. Dann sagte Ann leise:

«Es wird eine Schlacht geben.»

«Ich viele Schlachten erlebt», antwortete Nah-lin ruhig. Sie stützte sich auf den Ellbogen. Ann konnte in der Dunkelheit kaum ihr Gesicht erkennen.

«Warum du Angst?» fragte sie lächelnd. «Du geschützt.»

«Geschützt?» flüsterte Ann erstaunt. «Wieso?»

«Durch Türkisvogel», sagte Nah-lin und strich rasch über das Amulett. Ann erinnerte sich an Cochises Worte: «Der Anhänger vermag die Kugeln abzuhalten.» Sie lächelte ebenfalls.

«Glaubst du daran?»

«Ja», sagte Nah-lin ernst. «Wenn du heiligen Halsschmuck tragen, du nie sterben in Kampf.»

Ein Sonnenstrahl kitzelte Anns Gesicht. Sie rümpfte die Nase und blinzelte. Ein spitzer Stein stach sie in die Rippen. Sie legte sich auf die andere Seite. Plötzlich fuhr sie auf, sie war jetzt hellwach. Dort unten lag die Apachenschlucht. Die Sonne war eben aufgegangen und bestrahlte die fast senkrecht abfallenden Felswände. Der Sandstein hatte ganz erstaunliche Farben, von hellem Ocker über lila zu rot.

Ann stand auf. Verwundert sah sie sich um. Die Indianer waren verschwunden. Zumindest glaubte sie das im ersten Moment. Dann sah sie sie hinter Felsvorsprüngen, in Felsspalten versteckt. Die Pferde hatten sie etwas abseits festgebunden.

Chee saß mit dem Rücken an einen Felsen gelehnt und säuberte sein Gewehr, während er sich leise mit Peter unterhielt. Nah-lin saß schweigend neben ihnen. Als Chee Ann bemerkte, legte er den Finger auf die Lippen und gab ihr ein Zeichen, sich zu ducken.

«Sie kommen.»

Ann lauschte angespannt, aber sie hörte nichts. Sie lächelte.

«Wenn du es sagst, muß es stimmen.»

Ein paar Minuten verstrichen. Plötzlich tönte in der Ferne gedämpftes Hufgetrappel. Das Geräusch wurde lauter, es klang wie ein Steinschlag. Während die Sonne langsam am Himmel aufstieg, sah Ann die ersten Pferde in die Schlucht kommen. Zwei Männer mit Gewehren ritten voran. Dann kam die ganze Herde, man sah nur ein Gewoge von Rücken und Mähnen. Weißgekleidete Mexikaner ritten zu beiden Seiten. Ihre langen Peitschen steckten im Sattelknauf.

Anns Hände waren feucht. Plötzlich merkte sie, daß sie Cochises Schmuck umklammert hielt. Es war sicher nicht wahr: niemals konnte ein Amulett ein Unglück abwenden. Das war Aberglaube! Und dennoch...

«Chee!» rief sie.

Chee kam zu ihr gekrochen. Schnell nahm Ann den Anhänger ab und legte ihn Chee um den Hals. Er sah sie gerührt an.

«Das heilige Amulett...» flüsterte er.

In diesem Augenblick erschallte das Kriegsgeschrei der Apachen, heiser und schrill zugleich wie der Ruf des Bussards.

20. KAPITEL

Ann wurde es schwindelig. Sie lehnte sich an den Felsen. Bevor noch das Echo des Kriegsgeschreis verhallt war, rissen die Banditen ihre Pferde zurück. Wie auf ein geheimes Signal ließen die Apachen von allen Seiten ihre erste Salve herunterprasseln. Das Krachen der Schüsse hallte in den Felsen wider. Das Pferd eines Mexikaners stürzte und riß seinen Reiter mit. Der Mann verwickelte sich im Zaumzeug und stand dann unversehrt wieder auf. Ein Kamerad galoppierte herbei und ließ ihn hinter sich aufsitzen.

«Da kommt Marvin», sagte Chee plötzlich.

Ann konnte sein Gesicht nicht sehen, aber sie erkannte die Jacke mit dem gestickten Kragen. Marvin gab seinem Pferd die Sporen, brüllte Befehle und raste an der Herde entlang. Nach einem kurzen Hin und Her hatten sich die Männer wieder gefaßt. In einem Hagel von Pfeilen und Kugeln umkreisten sie die Pferde und knallten mit den Peitschen. Von allen Seiten bedrängt, galoppierte die Herde in den Engpaß und auf den Ausgang der Schlucht zu.

Chee und Peter sahen einander vielsagend an.

«Sie wollen den Durchgang erzwingen», sagte Chee,

und Peter fügte lachend hinzu: «Wenn die wüßten, welche Überraschung auf sie wartet!»

Die Herde galoppierte durch die Schlucht, eine Staubwolke verdunkelte die Luft. Die heiseren Schreie der Mexikaner, vom Echo vervielfacht, mischten sich mit dem Knallen der Peitschen und dem Krachen der Schüsse. Plötzlich prallte die Herde zurück. Die vordersten Pferde bäumten sich wiehernd auf und kehrten um.

Ann klammerte sich an Chees Arm.

«Was ist denn los?»

«Während du schliefst, haben die Apachen den Ausgang der Schlucht mit Felsblöcken verriegelt», erklärte Chee. «Marvin ist geradewegs in die Falle gelaufen.»

Das schrille Triumphgeschrei der Apachen ging durch Mark und Bein. Jetzt waren die Banditen völlig verwirrt. Die Männer waren von den Pferden gesprungen. Ann sah, wie sie in alle Richtungen davonliefen und hinter Felsvorsprüngen Schutz suchten. Die Pferde scheuten und schlugen aus. Marvin bemühte sich vergeblich, seine Leute wieder zu ordnen. Die Überfallenen schoßen planlos in die Gegend.

Chee erhob sich und berührte Peters Schulter.

«Komm!»

Mit ihren Waffen in der Hand liefen die beiden den Hang hinunter. Jetzt griffen die Apachen von allen Seiten an. Sie sprangen von Stein zu Stein und zogen ihren Kreis um die Banditen immer enger. Es war eine heikle Aufgabe für die Apachen. Es war leicht, den Feind aus dem Hinterhalt zu vernichten, aber diesmal mußten sie Gefangene machen. Der Nahkampf war unvermeidlich.

Ann duckte sich neben Nah-lin und kaute an den Fingernägeln. Am liebsten hätte sie sich in ein Loch verkrochen, bis alles vorüber war. Aber sie hatte nicht einmal die Kraft, die Augen abzuwenden. «Wenn nur Chee nichts passiert», dachte sie.

Seit Peter fort war, war Nah-lin ganz verstört. Sie hielt den Bogen so krampfhaft umklammert, daß ihre Handgelenke weiß hervortraten. Ihr Gesicht war grau und ihre Lippen farblos. Ann legte ihr die Hand auf den Arm.

«Was hast du denn?»

Nah-lin sah sie abwesend an. Dann sagte sie plötzlich:

«Du bleiben hier versteckt!»

Bevor Ann sie zurückhalten konnte, war sie aus dem Versteck geschlüpft. Ihre Armreifen klirrten, als sie den steilen Hang hinunterlief. Ann schrie auf.

«Nah-lin! Komm zurück!»

Aber die Indianerin schien sie nicht zu hören. Wie eine Gemse sprang sie von Fels zu Fels. Bald wurde sie von einer Staubwolke verschluckt. Ann blieb allein, zitternd vor Angst. Was sollte sie nur tun? Nah-lin nachlaufen? Nein, das war Wahnsinn! Sie preßte sich gegen den Felsen, die Tränen liefen ihr über das Gesicht.

Marvin hatte mit zwei Spießgesellen hinter einem Felsvorsprung Deckung gesucht. Er war bleich vor Wut, weil er wie ein Tölpel in die Falle gegangen war.

«Der Teufel soll mich holen! Ich hätte wissen müssen, daß die Apachen die Schlucht bewachen!»

Die Mexikaner, die er zum Bewachen der Herde angestellt hatte, versteckten sich zwischen den Felsblöcken am Flußufer. Marvin sah, wie sie eifrig miteinander tuschelten. Er fluchte. Von ihnen war keine Unterstützung zu erwarten! Sie hatten eine solche Angst vor den Apachen, daß sie sich wie Schafe gefangennehmen lassen würden. Und mit seinen übrigen Leuten kam er auch nicht weit. Zwei oder drei waren schon verwundet worden. Marvin bemerkte, daß die Indianer es vermieden, tödlich zu treffen. Also wollten sie Gefangene machen. Aber man wußte, was das bedeutete: endlose Folterungen, dann der Tod. Ein Pfeil streifte Marvins Schulter. Er wich zurück.

«Wir müssen aus diesem Mauseloch raus!»

«Ja, aber wie? Wir sind von allen Seiten eingekreist!» stotterte der Rothaarige, der sich neben ihm in den Staub duckte. «Wenn sie uns lebendig erwischen... dann... dann rösten sie uns auf kleinem Feuer!»

Sein Kamerad, ein großer vierschrötiger Kerl, sah ihn verächtlich an.

«Mir scheint, Chef, sie haben es auf die Herde abgesehen. Sollen wir nicht versuchen, zu verhandeln?»

«Verhandeln, mit Apachen?» sagte Marvin wütend. «Hast du den Kopf verloren, Rogers?»

Ein Schatten fiel auf ihr Versteck. Ein Speer leuchtete für einen Augenblick auf. Mit einer einzigen Bewegung legte Marvin an und feuerte. Der Indianer brach zusammen.

«Zum Teufel! Es sind Millionen!» stöhnte der Rothaarige.

«Dann schieß doch endlich!» schrie Marvin.

Anstatt zu antworten, ließ der Rothaarige das Gewehr fallen, stürzte lang hin und rührte sich nicht mehr. Marvin und Rogers sahen einander an.

«Das wird übel!» brummte Rogers.

«Ja,» sagte Marvin.

Er sah sich nach einem Ausweg um.

«Hier in der Nähe führt ein Weg um die Schlucht herum. Wir könnten quer durch die Felsen hinkommen...»

«Es wimmelt von Indianern!» gab Rogers zurück. «Aber es bleibt uns nichts anderes übrig.»

Vorsichtig krochen die beiden Männer aus ihrem Versteck und schwangen sich von einem Felsblock zum anderen, Marvin voraus. Bald hatte er die Geröllhalde überquert und wandte sich um, um Rogers ein Zeichen zu geben, daß der Weg frei war. In diesem Augenblick schrie eine Stimme hinter ihm:

«Hände hoch!»

Marvin drehte sich langsam um. Vor ihm stand ein großer blonder Junge mit eingefallenen Wangen und hielt sein Gewehr auf ihn gerichtet. Marvin lächelte höhnisch.

«Ach sieh da! Der junge Peter Roland!» spottete er. «Ich sehe, du bist noch immer gut Freund mit den Indianern!»

«Dir wird gleich das Spotten vergehen», antwortete Peter. «Wirf dein Gewehr hin, aber schnell!»

Marvin lachte nur. Er hatte schon andere gesehen als diesen mageren jungen Burschen, der sich an seinen Karabiner klammerte. Der konnte ihn nicht beeindrucken. Übrigens würde man schnell mit ihm fertigwerden. Rogers kauerte noch immer hinter dem Felsen, und Peter hatte ihn nicht gesehen. Mit einem kaum merklichen Hochziehen der Brauen befahl Marvin seinem Kumpan, zu schießen. Rogers legte an. Das Glitzern des Gewehrlaufs in der Sonne warnte Peter im letzten Augenblick. Er warf sich flach zu Boden, und die Kugel pfiff über ihn hinweg. Peter wälzte sich herum und wollte aufstehen, aber Rogers war schneller. Er trat mit dem Fuß auf Peters Handgelenk. Peter schrie auf und ließ das Gewehr fahren. Über sich sah Peter Rogers mächtigen Umriß, und er sah das Gewehr, das auf ihn gerichtet war...

Der Schuß ging nicht los. Rogers Gesicht verzerrte sich, er schwankte und stürzte. In seinem Rücken steckte ein Pfeil.

Peter und Marvin sahen gleichzeitig auf. Nah-lin stand ganz oben auf einem Felsen. Ihr Haar und die langen Fransen ihres Gewandes wehten im Wind. Sie wollte gerade einen neuen Pfeil aus dem Köcher nehmen, aber sie kam nicht mehr dazu. Ein Schuß krachte, und Peter sah das Gewehr in Marvins Hand. Ohne den Bogen loszulassen, brach Nah-lin in die Knie und sank langsam auf den Felsen.

Peter wollte zu ihr hinstürzen, aber er konnte keinen Schritt tun. Alles drehte sich in seinem Kopf. Ein Schatten glitt an ihm vorbei, Steine rollten den Hang hinunter. Peter erwachte aus seiner Betäubung und sah, wie Marvin in großen Sprüngen über den Berghang lief. Nicht weit von ihm irrte ein reiterloses Pferd herum. Marvin schwang sich auf seinen Rücken und preschte in gestrecktem Galopp auf den versperrten Ausgang der Schlucht zu. Peter hob seinen Karabiner. Wie ein Irrer feuerte er hinter Marvin her und verfehlte ihn aus einer Entfernung, aus der er sonst nie danebenschoß. Ohne zu wissen, was er tat, rannte er hinter ihm her und stieß mit Chee zusammen, der zwischen den Felsen auftauchte.

Mit einem Blick übersah Chee die Lage. Schaum vor dem Mund galoppierte Marvins Pferd auf die Barrikade zu.

«Wenn er über das Hindernis springt, entkommt er uns...» dachte Chee. Er hob langsam das Gewehr und zielte sicher und ruhig. Marvin war jetzt beim Erdwall. Er schlug auf das Pferd ein und riß es am Zügel hoch. Im letzten Moment weigerte sich das Tier und bremste so plötzlich, daß es auf die Hinterbeine zu sitzen kam. Marvin wurde aus dem Sattel geschleudert und stürzte kopfvoran auf die Steine.

Chee rannte den Hang hinunter und durch die Schlucht. Marvin war schon wieder aufgestanden und klopfte sich mechanisch den Staub aus den Kleidern. Dann bückte er sich, um sein Gewehr aufzuheben.

«Halt, rühr dich nicht!» sagte Chee direkt neben ihm.

Marvin fuhr zusammen. Ohne Chee aus den Augen zu lassen, hob er langsam die Hände, dann bückte er sich plötzlich, als ob er stolperte. Blitzschnell griff seine rechte Hand nach dem Colt, der in seinem Gürtel steckte, und er feuerte. Chee spürte einen heftigen Schlag gegen die Brust, dann einen stechenden Schmerz. Aber er blieb stehen.

«Hast du nicht gehört?» sagte er ungerührt, «Ich habe dir gesagt, du sollst dich nicht rühren.»

Marvin bewegte mühsam die Lippen und flüsterte:

«Dich scheint der Teufel zu beschützen!»

Er sah auf Chees Brust. Auch Chee senkte die Augen. Er sah den von dem Aufprall verbogenen Anhänger, die plattgedrückten, abgelösten Türkise. Ohne den Türkisvogel hätte ihn der Schuß getötet.

Als die Apachen ihn mit gezückten Speeren umringten, leistete Marvin keinen Widerstand mehr.

Peter stolperte über das Geröll und trug Nah-lin in seinen Armen. Als Chee auf ihn zu kam, bückte er sich und lehnte das Mädchen mit dem Rücken an einen Felsen. Nah-lins Gesicht sah friedlich aus.

«Chee,» sagte Peter flehend. «Wir brauchen einen Arzt!»

Chee beugte sich über Nah-lin. Ihr buntbesticktes Mieder war blutbefleckt. Er wußte, daß sie ihr nicht mehr helfen konnten. Er sah Peter an und schüttelte den Kopf. Der Hoffnungsschimmer in den Augen seines Freundes erlosch.

«Ich wollte sie retten...» murmelte Peter. «Und jetzt verdanke ich ihr mein Leben! Sie war plötzlich da, wie durch ein Wunder... Woher wußte sie...?»

Welcher geheimnisvolle Instinkt hatte Nah-lin gesagt, daß Peter in Gefahr war? Chee wußte es nicht. Peter liefen die Tränen über die Wangen und gruben helle Spuren in die dichte Staubschicht, die sein Gesicht bedeckte.

Chee wandte sich ab. Ziellos lief er durch die Schlucht. Es war still geworden. Chee konnte es nicht fassen, daß Nah-lin tot war. Nah-lin, das war seine sorglose Kindheit, seine Jugend. Wieviele Erinnerungen waren mit ihr verbunden. Am Bach tranken die Pferde. Chee merkte plötzlich, wie trocken seine Kehle war. Er kniete nieder und trank. Plötzlich fiel ein Schatten auf die flachen Steine. Chee hob den Kopf. Ann stand vor ihm, zerzaust und mit glühendem Gesicht. Er streckte ihr die Hand hin, und als seine Finger die ihren berührten, wußte er plötzlich, daß ein altes Band zerrissen war, und daß er endlich die Konflikte überwunden hatte, die ihn schon so lange quälten. Was hatte es zu bedeuten, ob man Weißer oder Indianer war.

Leise sagte er:

«Nah-lin ist tot.»

Ann senkte den Kopf und sagte bedrückt:

«Ich wußte es!... Ich habe es geahnt, als sie vorhin weglief. Wie ist es passiert?»

Chee schilderte es ihr in wenigen Worten. Ann hörte ihm schweigend zu.

Plötzlich wurde sie bleich. Ohne ein Wort zu sagen, zeigte sie auf den Türkisvogel. Chee sah ihren Blick und lächelte unsicher.

«Er war mir sehr nützlich. Vielen Dank, daß du ihn mir geliehen hast.»

«Das ist doch nicht möglich!» flüsterte Ann und preßte die Hände vor den Mund.

Chee wollte den Anhänger abnehmen, aber sie hinderte ihn daran. Sie war noch so erschrocken, daß sie kaum sprechen konnte.

«Nein! Bitte behalte ihn! Wir sind noch nicht am Ende unserer Reise!»

Die überlebenden Banditen und die Mexikaner waren in sicherem Gewahrsam. Die Gefangenen zitterten vor Angst. Einige boten Geld oder kleine Goldklumpen. Die Apachen musterten sie gleichgültig und wandten sich dann verächtlich ab. Marvin war von seinen Kumpanen getrennt und besonders sorgfältig gefesselt worden. Er blickte finster. Seit seiner Gefangennahme hatte er den Mund nicht mehr aufgemacht.

Außer Nah-lin hatten die Indianer keine Toten zu beklagen. Aber viele waren verwundet, einige ziemlich schwer. Die Apachen saßen im Kreis um ein Feuer, ruhten sich vom Kampf aus und bestrichen ihre Wunden mit einer Salbe aus Lehm und zerstampften Kräutern.

Chee und Ann fanden Peter noch an derselben Stelle neben Nah-lin sitzen. Man hatte sie in eine rote Decke gehüllt. Jetzt, da man ihre Verwundung nicht mehr sah, war es, als ob sie schliefe. Ann dachte an die Energie, die diesen zarten Körper beherrscht hatte, und ihr fiel wieder ein, was Nah-lin ihr in der Nacht anvertraut hatte, als sie ihre Decke mit ihr teilte. Sie war jetzt überzeugt, daß Nah-lin ihren Tod vorausgeahnt hatte.

Chee legte Peter die Hand auf die Schulter.

«Komm, du kannst nicht bei ihr bleiben!»

«Laß mich», sagte Peter tonlos. «Bitte laß mich!»

21. KAPITEL

Ann war schon sehr früh auf. Mit verschlafenen Augen kniete sie am Bach und wusch sich das Gesicht. Der Himmel schimmerte rötlich. Bald würde die Sonne aufgehen. Ann streckte sich und atmete tief. Wie schön war es hier. Dann mußte sie wieder an Nah-lin denken, und sie schämte sich plötzlich, daß sie sich noch eben so glücklich gefühlt hatte. Sie holte den Sattel, warf ihn sich auf die Schulter und ging zu den Pferden.

Die Apachen rüsteten zum Aufbruch. Sie hatten ihre Aufgabe erfüllt und wollten zu Cochise ins Lager zurück.

Die Gesunden nahmen die Verwundeten zu sich aufs Pferd. Während der Nacht hatte Chee sich lange mit den mexikanischen Gefangenen unterhalten. Er hatte erfahren, daß Marvin sie nur angestellt hatte, um die Pferdeherde zu begleiten, daß er sie brutal behandelte und schlecht bezahlte. Chees Entschluß war schnell gefaßt.

«Wenn ich euch freilasse, verpflichtet ihr euch dann, die Herde nach Tucson zu begleiten und die Banditen zu bewachen?»

Die Mexikaner brachen in lautes Freudengeschrei aus. Sie waren dankbar, so glimpflich davonzukommen und hätten dafür alles versprochen.

In dem Durcheinander des Aufbruchs suchte Ann vergeblich nach Peter. Er war verschwunden.

«Laß ihn!» sagte Chee, «ich weiß, wo er ist.»

Man hatte ein Grab in den Sand geschaufelt und große Steine daraufgelegt, um die Stelle zu bezeichnen. Peter hatte die ganze Nacht dort gesessen. Von Zeit zu Zeit hob er einen Stein auf und drehte ihn in den Händen. Er sah erst auf, als Chee zu ihm kam. Chee betrachtete eine Zeitlang das Grab, dann wandte er den Kopf. Er sagte:

«Wir sind zum Aufbruch bereit.»

Wortlos stand Peter auf und folgte Chee.

An der Spitze seiner Krieger wünschte ihnen der Apache Nacho gute Reise.

«Ihr habt tapfer gekämpft», sagte Chee, «aber das brauche ich euch wohl nicht erst zu sagen.»

Nacho hob nur die Hand. Dann rief er einen Befehl und ritt mit seinen Männern zum Ausgang der Schlucht. Eine Weile noch hörten sie das Geklapper der Hufe.

Außer Marvin waren nur noch vier andere Banditen übriggeblieben. Jetzt, da ihr Schicksal besiegelt war, ertrugen sie die Gefangenschaft mit der höhnischen Gleichgültigkeit von Männern, die ans Gefängnis gewöhnt sind. Marvin hatte seinen Hochmut wiedergefunden. Er beschimpfte alle, angefangen mit seinen eigenen Kumpanen, die er Feiglinge schalt.

«Dieser Kerl ist gefährlich», brummte Chee, der ihn nicht aus den Augen ließ. «Ich bin sicher, daß er irgendetwas im Schilde führt.»

«Glaubst du, er wird versuchen zu fliehen?» fragte Ann besorgt.

«Der ist zu allem bereit, um seine Haut zu retten. Wenn wir nur einen Augenblick nicht aufpassen, schlüpft er uns durch die Finger!»

Mit flatternden Mähnen galoppierte die Herde über die Piste. Peter hatte sich die Pferde genau angesehen. Sie waren zwar etwas abgemagert, schienen aber sonst in ausgezeichneter Verfassung.

«Frau Roland wird zufrieden sein», sagte Chee. «Nur schade, daß wir Diamant nicht retten konnten. Frau Roland hing so an diesem Pferd.»

«Ist doch egal!» sagte Peter. «Wir haben die Herde und können Marvin der Polizei übergeben. Was will man noch mehr?»

Zu vieles war geschehen, als daß er noch Triumph und Freude hätte empfinden können. Es blieb ihm nur das Gefühl, seine Pflicht getan zu haben.

«Eines Tages, wenn ich eine würdige alte Dame bin», sagte Ann, «werde ich in meinem Schaukelstuhl sitzen und stricken und meinen Enkelkindern von den Abenteuern aus meiner Jugend erzählen.»

«Sie werden dir nicht glauben», antwortete Chee.

Sie sahen einander an, und zum erstenmal seit langer Zeit mußten sie herzlich lachen.

Nach drei Tagen, die ohne Zwischenfall vergingen, näherten sie sich Tucson. Es war schon Spätnachmittag, dennoch brannte die Sonne erbarmungslos.

Als sie die ersten Häuser der Stadt erreichten, rannte eine Meute Straßenköter kläffend hinter den Pferden her. Die Mexikaner knallten mit ihren Peitschen und verjagten sie.

Ann ritt plötzlich langsamer. Die Straße führte an einem großen weißen Haus vorbei, das sie gut kannte: das Internat der Señora Eusebia Incarnación Ramirez. Jetzt war Nähstunde. Die Mädchen, die über ihre Arbeit gebeugt im Innenhof saßen, wunderten sich über das Hufgetrappel, aber selbstverständlich würde keines es wagen, auf die Eiche zu klettern, um über die Mauer zu blicken.

«Siehst du», sagte sie zu Chee, «dort habe ich zwei Jahre meines Lebens mit dem Säumen von Leintüchern vergeudet. Und jetzt...»

«Jetzt bist du frei!» sagte Chee. «Wer dich einsperren will, bekommt es mit mir zu tun.»

Beide dachten dasselbe und wurden plötzlich ernst. Wie würde Tante Adele sie empfangen? Ann preßte die Lippen zusammen, und ihr Gesicht bekam einen eigensinnigen Ausdruck.

«Als ich ihr erklärte, ich würde mit dir gehen, um Marvin gefangenzunehmen, hat sie gesagt, ich solle mich nie wieder blicken lassen. Gut! Ich nehme sie beim Wort!»

«Du vergißt, Ann, daß Mutter seit über einer Woche bei deiner Tante wohnt», mischte sich Peter ein. «Mutter mag Chee sehr gern. Sie hat sicher zu seinen Gunsten gesprochen.»

Er lächelte.

«Mutter kann sehr überzeugend sein.»

Ann dachte an Frau Roland, an ihre Peitsche, und sie lachte schallend.

«Ich weiß nicht, ob Tante Adele sich überzeugen läßt.»

Ihr Einzug in die Stadt erregte großes Aufsehen. Die Leute drängten sich am Straßenrand und an den Fenstern. Pokerspieler ließen ihre Karten liegen und kamen aus den Cafés gestürzt. Man flüsterte, zeigte schadenfroh auf Marvin und seine Kumpane. Selbst in Tucson war Marvin als gemeiner Bandit verschrien. Marvin sah den Leuten herausfordernd ins Gesicht. Anscheinend juckten ihn die Hände, denn er bewegte ununterbrochen die Finger.

Plötzlich tauchte Tante Adeles Haus hinter der Straßenbiegung auf. Peter konnte nicht mehr an sich halten. Er vergaß seinen Kummer, preschte an der Herde vorbei und schwenkte den Hut.

«Mutter, Mutter! Wir sind zurück!»

Die Tür ging auf, und Frau Roland kam die Verandatreppe heruntergerannt. Sie stolperte über ihren langen Rock.

«Großer Gott! Sie bringen meine Pferde wieder!»

«Und die Banditen!» schrie Peter. «Wir haben Marvin und seine Kumpane.»

Er sprang vom Pferd und umarmte seine Mutter stürmisch. «Bist du zufrieden?»

«Peter! Ich weiß nicht, ob ich träume!» rief Frau Roland zwischen Lachen und Weinen. Dann veränderte sich ihr Gesicht. Sie löste sich aus Peters Umarmung und griff nach der Peitsche, die in ihrem Gürtel steckte.

«Wo ist Marvin?»

Chee und Ann galoppierten vor den Gefangenen her, neben denen zwei bewaffnete Mexikaner ritten. Die jungen Leute sprangen vom Pferd.

«Wir haben es geschafft, Frau Roland», sagte Chee bescheiden. Frau Roland breitete die Arme aus und drückte ihn und Ann an sich. «Danke, mein Junge», sagte sie.

Dann schob sie ihn sanft beiseite und ging auf Marvin zu, der gefesselt auf seinem Pferd saß. Ann hatte erwartet, daß sie ihn beschimpfen oder schlagen würde, aber sie sah den Mörder ihres Sohnes nur starr an. Marvin senkte als erster den Blick.

«Gott möge dir verzeihen!» sagte Frau Roland schließlich. Sie wandte sich um und ging zum Haus.

Oben auf der Verandatreppe stand Tante Adele.

«Sehen Sie sich diese Gauner an!» rief Frau Roland und wies auf die Gefangenen. «Sie müssen zugeben, daß unsere jungen Leute ganze Arbeit geleistet haben.»

Tante Adeles Lorgnon blitzte.

«Ja», antwortete sie spitz. «Ich bedaure nur, daß meine Nichte etwas damit zu tun hat.»

Tante Adele sah das Mädchen, das neben Chee stand, streng an. Anns Lippen zitterten, aber sie hielt dem Blick ihrer Tante ruhig stand.

Dann sagte die alte Dame ruhig:

«Ich habe dich gewarnt, Annette-Beatrix. Von jetzt an gehörst du nicht mehr zur Familie...»

«Das meinen Sie doch nicht im Ernst!» rief Frau Roland empört.

«Ich pflege meine Entscheidungen nicht zu widerrufen», erwiderte die alte Dame kalt. Sie kehrte ihnen den Rücken zu und ging ins Haus.

Ann wollte Tante Adele nachlaufen. Aber Chee hielt sie zurück. Sie sah verstört zu ihm auf.

«Laß!» sagte Chee. «Sie hat kein Recht, dich so zu behandeln.»

Frau Roland schüttelte bestürzt den Kopf.

«Gott weiß, daß ich versucht habe, sie umzustimmen! Entschuldigt, aber sie ist störrisch wie ein Maulesel!»

«Es macht nichts», sagte Ann und lächelte schwach.

Chee hatte recht. Niemand durfte sie demütigen! Wie Chee würde sie lernen zu schweigen, Beleidigungen zu schlucken und sich ihren Stolz zu bewahren.

Frau Roland legte beiden die Hände auf die Schultern.

«Macht euch keine Sorgen um die Zukunft. Ich nehme euch zu mir. Wir werden die Ranch wieder aufbauen und die schönsten Pferde von ganz Arizona züchten!»

Chee sah Ann an. Sie nickte, aber ihre Augen standen voller Tränen.

Plötzlich hörten sie hinter sich einen Fluch und einen dumpfen Aufprall. Noch ehe Ann Zeit hatte, sich umzudrehen, spürte sie, wie sie jemand packte und ihr die Arme nach hinten drehte. In den wenigen Minuten, die sie nicht aufgepaßt hatten, mußte es Marvin gelungen sein, seine

Fesseln zu lösen. Blitzschnell hatte er sich auf den zunächst stehenden Mexikaner gestürzt, ihm den Revolver aus der Hand gerissen und Ann gepackt.

«Ruhe», befahl er. «Keiner rührt sich, oder ich erschieße das Mädchen!»

Schritt für Schritt ging er auf sein Pferd zu und zog das Mädchen hinter sich her. Ann schielte nach dem Revolverlauf, der auf ihre Schläfe gerichtet war. Weil Marvin ihr den Arm nach hinten verdreht hatte, konnte sie sich nicht rühren. Wie durch einen Nebelschleier sah sie die hilflosen, bestürzten Gesichter der Umstehenden. Die Leute wichen langsam zurück. Keiner wagte zu schießen, aus Angst das Mädchen zu treffen. Endlich brach Chees beherrschte, ruhige Stimme das Schweigen:

«Halt, Marvin!»

Ann zuckte zusammen und machte unwillkürlich eine Bewegung nach vorn. Marvin riß sie grob zurück.

Und als Chee eine Bewegung machte:

«Rühr dich nicht, du Apachenhund, oder ich schieße dich nieder! Du und ich, wir haben noch eine Rechnung zu begleichen. Wir sehen uns wieder!»

«Schon gut, Marvin!» sagte Chee ruhig. «Du hast kein Interesse, sie zu töten. Du möchtest mich erledigen. Warum tust du es nicht?»

«Das wäre schade um die Munition! Mit dir habe ich etwas anderes vor.»

«Ich mache dir einen Vorschlag», sagte Chee unerschüttert.

Er trat einen Schritt vor. Die Umstehenden seufzten auf. Frau Roland sah Peters Finger an den Abzug seines

Gewehres gleiten. Sie sah ihn starr an und ihre Lippen formten ein lautloses: «Nein!»

«Laß das Mädchen los und nimm mich als Geisel», fuhr Chee fort.

«Du machst keine Umstände, das muß man dir lassen!» rief Marvin verblüfft. Der Schweiß rann ihm über die Stirn; seine Hände waren feucht. Ann rührte sich nicht. «Nein!» wollte sie schreien. «Nein Chee, tu das nicht, ich flehe dich an!» Aber sie brachte keinen Laut über die Lippen.

Marvin musterte Chee verächtlich. Chee hielt seinem Blick stand.

«Komm näher!» befahl Marvin. «Wirf die Waffen weg!»

Ruhig schnallte Chee seinen Gürtel mit dem Revolver ab und ließ ihn zu Boden fallen.

«Er ist verrückt geworden!» flüsterte Peter.

«Deinen Dolch!» befahl Marvin.

Chee gehorchte. Marvins Blick blieb an dem Türkisvogel hängen, der auf dem Hemd des jungen Mannes glitzerte.

«Das auch. Vorwärts! Ich will den Klimbim nicht mehr sehen!»

Chee nahm langsam den Schmuck ab. Zögernd öffnete er die Hand, und das Medaillon glitt in den Staub. Chee war jetzt nur noch ein paar Schritte von Marvin entfernt.

«So», sagte er leise und sah Ann an. «Ich habe keine Waffen mehr. Laß sie los!»

Für den Bruchteil einer Sekunde lockerte sich Marvins Griff. Ann schnellte herum und grub ihre Zähne in die Hand, die den Revolver hielt. Marvin stöhnte vor

Schmerz. Er schüttelte das Mädchen so heftig ab, daß sie in den Staub fiel. Er sah, wie Chee zu ihr stürzte, hob die Hand und feuerte. Chee taumelte, fing sich wieder auf und versetzte Marvin einen Kinnhaken. Marvin schwankte. Schon kamen Männer von allen Seiten gelaufen. Ann sah nur noch ein wirres Durcheinander. Ihre Hand tastete nach dem Türkisvogel, der halb im Staub vergraben lag.

«Ann», sagte Chee neben ihr. Er half ihr aufstehen, und sie sah ihn lange an. Sie hatte solche Angst um ihn gehabt.

«Bist du verletzt?» fragte sie schließlich.

«Nicht schlimm», sagte Chee.

Er hob die Hand und faßte an seine Schulter. Die Hand war voller Blut. Plötzlich schwankte er und klammerte sich an Ann, um nicht zu fallen. Schweißtropfen perlten auf seiner Stirn.

Ann stützte ihn so gut sie konnte und sah sich verzweifelt nach Hilfe um.

Plötzlich wurde sie von einer energischen Hand beiseite geschoben. Ann traute ihren Augen nicht, als sie Tante Adeles Rüschenkleid durch den Staub schleifen sah. Sie beachtete das Mädchen überhaupt nicht, sondern wandte sich direkt an Chee:

«Zeigen Sie mir die Wunde.»

Mechanisch knöpfte Chee sein schmutziges Hemd auf. Die Kugel war oberhalb des Schlüsselbeines eingedrungen.

«Das muß man verbinden», erklärte Tante Adele. Sie drehte sich nach Eulalia um. «Holen Sie schnell Verbandzeug.»

Sie wurden von Menschen umringt, die alle gleichzeitig redeten. Aber Ann hörte sie kaum. Sie saß neben Chee auf den Stufen der Veranda, unfähig etwas zu denken oder zu sagen.

Eulalia brachte das Verbandzeug, und Tante Adele begann Chees Schulter zu verbinden. Der Junge sagte nichts. Endlich hob er die Augen und sah Tante Adele, die gerade den Verband mit einer Klammer festmachte, verblüfft an.

«Danke!» murmelte er.

Tante Adele wandte sich ab und gab Eulalia die übrig gebliebenen Mullbinden. Ohne eine Miene zu verziehen, sagte sie:

«Du kannst mich Tante Adele nennen.»

22. KAPITEL

Chee lag auf Tante Adeles Plüschsofa. Frau Roland hatte darauf bestanden, daß er sich sofort hinlegte:

«Jetzt bleib endlich ruhig liegen! Du hast eine Kugel in der Schulter und brauchst Ruhe!»

«Aber...» hatte Chee eingewendet, «ich muß die Gefangenen zum Sheriff bringen und...»

Frau Roland hatte die Fäuste in die Hüften gestemmt.

«Das kann ich genau so gut wie du! Die drei Gauner werden froh sein, ins Gefängnis zu kommen und mir keine Schwierigkeiten machen. Sie haben Angst, die Leute würden sie sonst genau so zurichten wie Marvin.»

Fort war sie und hatte die Tür hinter sich zugeschlagen. Chee und Ann hatten einander angelächelt. Es war schön,

Frau Roland wiederzuhaben, ihre rauhe Zärtlichkeit, ihre Großzügigkeit.

Etwas später war der Arzt gekommen, um die Kugel zu entfernen. Chee hatte die Operation gelassen über sich ergehen lassen. Jetzt schien er erschöpft. Ann hatte ihn noch nie so blaß gesehen.

«Du hast Fieber», sagte Ann erschrocken.

«Mach dir keine Sorgen!» entgegnete er. «Ich werde immer schnell wieder gesund.»

Er atmete ruhig, aber ein wenig mühsam.

«Ich verstehe das nicht. Deine Tante ändert ihre Ansicht schnell. Warum hat sie plötzlich nichts mehr gegen mich?»

Ann schüttelte den Kopf. Sie wußte es auch nicht. Aber was machte das aus. Sie hatten endlich gesiegt!

Sie nahm Chees Hand.

«Ann», flüsterte er, «meine Frau...»

Er schloß die Augen und war sofort eingeschlafen. Ann blieb bei ihm sitzen, sie war so glücklich, daß sie am liebsten gleichzeitig gelacht und geweint hätte.

Dann löschte sie die Lampe und stand auf, um in ihr Zimmer zu gehen.

Auf der Treppe kam ihr Eulalia entgegen.

«Deine Tante möchte dich sprechen.»

Ann zuckte zusammen und kehrte plötzlich auf die Erde zurück. «Ohje!» sagte sie, «schon wieder eine Strafpredigt in Aussicht!» Dann zuckte sie die Achseln. Wenn schon! Jetzt fühlte sie sich allem gewachsen.

Tante Adele saß in ihrem Büro und ordnete Rechnungen. Sie wies auf einen Stuhl. Ann setzte sich kerzengerade auf die Stuhlkante, die Hände auf den Knien verschränkt. Ihr weißes Kleid hob ihre sonnengebräunte Haut hervor. Um den Hals trug sie den Türkisvogel. Ein geheimnisvolles bläuliches Licht schien von dem Medaillon auszugehen. Tante Adele schrieb noch einen Augenblick weiter, dann nahm sie ihr Lorgnon ab und drehte ihr spitzes, müdes Gesicht ihrer Nichte zu.

«Du willst also diesen jungen Mann heiraten?»

«Ja, Tante Adele», antwortete Ann mißtrauisch.

«Er hat natürlich keinerlei Vermögen?»

«Wir haben unsere Hände, das genügt.»

Tante Adele schien ihr nicht zuzuhören.

«Du wunderst dich sicher, daß ich mich schließlich mit dem Unvermeidlichen abfinde?»

«Ja, Tante Adele», sagte Ann.

«Ich bin alt und habe in meinem Leben schon viel gesehen. Aber ich habe noch nie gesehen, daß ein Mann seine Waffen wegwirft und sein Leben anbietet, um das Mädchen, das er liebt, zu retten.»

Sie hielt inne und preßte die Lippen zusammen, als habe sie schon zuviel gesagt. Ann wurde rot und sah auf ihre Fingernägel.

«Chee ist so...» antwortete sie einfach.

Eine Weile schwiegen beide. Ann horchte auf das Tikken der Wanduhr. Da war so vieles, was sie Tante Adele gerne erklärt hätte, aber sie konnte es nicht.

«Ich glaube, ich habe diesen jungen Mann unterschätzt», fuhr Tante Adele fort. Aber ich brauche etwas Zeit, um mich an... an sein Aussehen zu gewöhnen. Seit Generationen waren wir blond in unserer Familie!»

Ann biß sich auf die Lippen. Am liebsten hätte sie laut herausgelacht.

«Ja, Tante Adele», sagte sie sanft.

«Und was hast du jetzt für Pläne?» fragte die alte Dame.

Ann war verblüfft. Zum erstenmal fragte Tante Adele sie nach ihren Plänen. Bisher hatte es nur immer geheißen: «Tu dieses» oder «tu jenes».

«Zuerst wollen wir heiraten. Dann gehen wir zu Frau Roland und Peter. Frau Roland hat Chee als Verwalter angestellt. Wir werden auf einer Ranch leben, mit vielen Pferden! Ist das nicht herrlich?»

Tante Adele gab keine Antwort.

«Erinnerst du dich noch an den roten Seidenschal, den die Dame in Mesilla im Zug liegenließ?» fragte Ann lachend. «Ich bin aus dem Zug ausgestiegen, um ihn ihr zu bringen. So hat alles angefangen...»

«Ja», antwortete Tante Adele, «ich erinnere mich sehr gut. Dabei hatte ich dir ausdrücklich verboten, mit Unbekannten zu sprechen.»

Sie hob ihre Hand.

«Geh jetzt schlafen! Du bist sicher müde.»

Ganz unerwartet für Ann beugte sie sich über sie, nahm ihr Gesicht in beide Hände und küßte sie auf die Stirn.

Weitere Känguruh-Bücher für Leseratten:

DER GEHEIMGANG
von Nina Bawden

Die Mallory-Kinder, von Kenia nach England zurückgekehrt, entdecken einen Geheimgang zu einer scheinbar leerstehenden Villa am Strand. Damit beginnt für die Kinder eine aufregende Zeit.

ZELTE IN DER ROTEN WÜSTE
von Marcella d'Arle

Zwei Kinder und ein junger Beduine durchqueren die rote Wüste. Hitze, Durst, Stammesfehden, aber auch Streitereien untereinander machen dies zu einem gefährlichen Abenteuer.

FLUCHTVERSUCH
von W. J. M. Wippersberg

Ivo hat das Leben in Wien endgültig satt. Er reißt aus. Ganz auf sich allein gestellt, versucht er, sich bis zu seinem Heimatdorf in Jugoslawien durchzuschlagen.

SIEBEN WERDEN VERMISST
von Ivan Southall

Die Geschichte spielt in einer australischen Siedlung. Die Erwachsenen sind in die entfernte Stadt gefahren. Sieben Kinder bleiben zurück. Da bricht ein Wirbelsturm herein, und die Siedlung wird von der Umwelt abgeschnitten. Nun gilt es, sich zu bewähren, bis Hilfe eintrifft.

DER SCHATZ IM ELFENBEINSUMPF
von René Guillot

Ein verborgener Schatz, ein Schiff, das im Sturm kenterte, ein geheimnisvolles Testament... Doch den Matrosen der Belle-Aude gelingt es nach einer abenteuerlichen Expedition, den Schatz zu heben.

AUGENZEUGEN
von W. J. M. Wippersberg

Zwei Kinder beobachten einen Einbrecher, der einen Tresor aufschweißt und diesem Geld entnimmt. Und das Merkwürdige daran: Der Eigentümer des Geldes steht daneben. Das ist der Anfang einer ungewöhnlichen Kriminalgeschichte.

DAS MÄDCHEN VON DER GRENZE
von Genoveva Fox

Indianerüberfälle, eine kleine weiße Siedlung mitten in der Wildnis. Doch die Erwachsenen sind durch Parteikämpfe miteinander verfeindet. Isabell und Peter müssen darum kämpfen, sich ihre Freundschaft und Zuneigung zu bewahren.

ZWISCHENFALL AUF DER BAUSTELLE
von Walter Matthias Diggelmann

Auf der Baustelle des Kraftwerkes Grande Dixence ereignet sich ein schwerer Arbeitsunfall. Ob der unheimliche Mann, den alle kennen und zu fürchten scheinen, damit zu tun hat? Die Spur führt Jean und Louis durch unterirdische Stollen der Staumauer, und nach einer aufregenden Jagd bestätigt sich der Verdacht.

DER UNTERGANG DER ORION
von Richard Armstrong

Ein überaus spannendes Buch, das vom Walfang in der Antarktis erzählt, von Stürmen, Packeis und von geheimnisvollen Unfällen, welche die Flotte verjagen.

MANOLO
von Federica de Cesco

Am Strand von Alicante begegnet die 17jährige Michèle, genannt Micou, dem jungen Spanier Manolo. Mit ihm lernt sie ein Stück spanischer Wirklichkeit kennen, das nichts mit dem sorglosen Strandleben zu tun hat.

PFERD ZU KAUFEN GESUCHT
von Mary Oldham

Ein Buch für Pferdeliebhaber. Die Geschichte des jungen Mädchens Diana, das sich sehnlichst ein eigenes Pferd wünscht. Mit Zähigkeit und Durchhaltewillen verwirklicht sie schließlich ihren Wunschtraum.

DAS GEHEIMNIS DES SCHWARZEN TURMES
von Dorothy E. Crowder

Sage und Abenteuer vermischen sich in dieser spannenden Geschichte um eine alte kostbare Handschrift, die in einem Moor vergraben sein soll.

CAROL – IHR GRÖSSTER WUNSCH
von Helen D. Boylston

Theater zu spielen, das ist Carols geheimer Wunsch. Aber die Wirklichkeit ist anders und härter, als es sich Carol erträumt hat. Dies ist der erste Band der »Carol-Serie«.

CAROL – NICHTS WIRD EINEM GESCHENKT
von Helen D. Boylston

Endlich ist Carol Schauspielerin, auch wenn sie nur auf einer Provinzbühne spielt. Vieles geht drunter und drüber – ganz anders, als sie es sich vorgestellt hat.

CAROL – GROSSE, SCHÖNE WELT
von Helen D. Boylston

Am Broadway zu spielen ist Carols Wunschtraum. Daß ihr Wunsch in Erfüllung geht, verdankt sie ihrer harten Arbeit und nicht zuletzt ihren Freunden.

CAROL – GEWAGT UND GEWONNEN
von Helen D. Boylston

Man hat nie ausgelernt; das erfährt die junge Schauspielerin Carol. Das Schwierigste jedoch ist, mit dem eigenen Leben fertig zu werden. Mike steht Carol zur Seite: zusammen wagen und gewinnen sie.

DER SILBERHENGST
von Elyne Mitchell

Die packende Schilderung des freien und gefährlichen Lebens der Wildpferde in Australien begeistert jeden jungen Pferdefreund.

LAURA, EIN UNMÖGLICHES MÄDCHEN
von Marilyn Sachs

Laura tut sich schwer mit ihren Kameradinnen im Sommerlager, während ihre Schwester Jenny bei allen beliebt ist. Zum Glück erkennt die Lagerleiterin Lauras wahren Charakter und zeigt Laura, wie sie ihre Kontaktschwierigkeiten überwinden kann.

WILD WIE DIE FÜCHSE
von Anauta

Das tägliche Leben der Eskimos, Jagdabenteuer und Naturereignisse werden echt und mit ursprünglicher Kraft geschildert.